이소호

KB183897

시인. 2014년 《현대시》 시 부문 신인 추천으로 작품 활동을

시작했다. 시집으로 『캣콜링』 『불온하고 불완전한 편지』

『홈 스위트 홈』이, 산문집으로 『시키는 대로 제멋대로』

『나를 사랑하지 않는 사람에게』 『서른다섯, 늙는 기분』이,

단편소설집으로 『나의 미치광이 이웃』이 있다.

시집 『캣콜링』으로 제37회 김수영문학상을 수상하였다.

표지 그림 〈Minhuit... ou l'appartement a la mode. Plate no. 7〉,
　　　　　　George Barbier, 1920
디자인　　　이지선

쓰는 생각 사는 핑계

쓰는 생각 사는 핑계

이소호
에세이

민음사

차 례

2부

나를 쓰게
하는 것

들어가며

씀으로 본때를 보여 준다는 것

어린 시절의 이야기다. 작가 대부분이 그러하겠지만,
나의 유년 시절은 그다지 행복하지 못했다. 못생기고 공부도
못하고 키도 작았다는 이유로, 집단 따돌림에, 그것도 모자라
구타를 당하고 울며 집으로 돌아오는 날도 있었다. 그날
엄마는 내 손을 꼭 잡고 '맘모스백화점'으로 갔다.

"가자. 남들이 너를 무시 못하게 본때를 보여 주는 거야."

첫 쇼핑의 기억은 그렇게 강렬하게 시작되었다. 인생의
쓴맛을 처음 본 날. 엄마 카드를 써서 얻은 예쁜 원피스. 다음
날 평소보다 한 시간 일찍 일어나 백화점에서 산 모든 것들로
때 빼고 광낸 날, 그날, 학교에 갔을 때 친구들은 멀끔한
내 모습에 어쩐지 긴장한 듯했고 그날 이후로는 실제로
덜 괴롭혔다. 그때 작게나마 깨우쳤다. 밖으로 드러나는

'가짐'이 얼마나 많은 것을 바꾸는지. 그래서였을까. 사람은
과거에서 배운다고, 나는 슬프거나 무언가 변화하고 싶을
때마다 쇼핑을 했다. 인생의 전환점을 쉽게 쇼핑으로
찾았다. 인생에서 무언가를 획득하는 데 실패하면 쇼핑으로
획득했다. 마치 칼에 맞을 사주라 하면 쌍커풀 수술을 해서
회피할 수 있다는 말처럼, 나는 모든 불행을 쇼핑으로 이겨
냈다.

그러나 쇼퍼홀릭의 삶은 녹록지 않았다. 모름지기 쇼핑은
돈으로 하는 법. 돈이 필요했던 청소년 경진이는 쪼들리는
용돈에 허덕여 스스로 돈 벌 궁리를 하다 글을 쓰게 되었다.
이게 나의 현실이다. 남들은 내가 거창하게 하고 싶은
말이 있어 시인이 되었다고 생각하지만 이것은 학생이던
경진이의 삶과 관련된 문제였고, 다행인 것은 내가 재능이
있었다는 사실이다.

사고 싶은 것이 있으면 글을 썼다. 일상을 포착한
재미있는 에피소드는 라디오 프로그램에 사연을 보낼 만한
좋은 글감이 되었다. 그렇게 나는 씀을 욕망하며 씀을 업으로
삼게 된 시인이다.

그래서 나는 때때로 작가적 양심에 가책을 느낀다. 나의
문학은 거대하지도 깊지도 않았다. 좋아하는 물건을 사기

위해 글을 써야만 하는 정도의 무엇이었다. 누군가 "회사를 그만두지 않으려면 명품을 할부로 사서 갚으면 된다."라는 명언을 남긴 적이 있다. 내 삶도 다르지 않았던 것 같다. 인생 절박해야 쓸 수 있다고. 가지고 싶은 것이 있으면 반드시 써야 한다. 생활인 이소호의 삶도 있고, 그 사이에 작가인 이소호도 있다. 작가로서 내가 발표한 글이나 책이 고전을 면치 못한다면 나는 그 이유로 쇼핑한다. 산고 끝에 탄생한 좋은 작품이 있을 때도 나는 그 이유로 쇼핑한다. 그러니까 위로나 자축 그 모든 감정에 쇼핑을 동반한다고 볼 수 있다. 마치 밑바닥까지 깊게 잠수해야 다시 바닥을 박차고 폴짝 수면으로 떠오를 기회를 얻을 수 있다는 듯이 다 써 버리고 마는 것이다.

　나에게 쇼핑이란 그런 것이었다. 물론 거지꼴을 면치 못할 때도 있지만 덕분에 나는 스스로를 어떻게 생각하는지 깊게 톺아보기도 했다. 지금 나는 디자이너 천 가방을 좋아하고 수공예 은반지를 좋아하며 80년대 빈티지 바람막이를 좋아한다. 그러나 이 모든 것을 배우려면 실패해야 한다는 것도, 처음부터 잘 살(될) 수 없다는 것도, 세상에 공짜는 없고 책임은 회피할 수 없다는 것까지도 다 안다. 무언가를 사랑하기 전에 공부하는 습관은 그때 들였다.

　나는 문학을 너무 사랑했기에 내가 뭘 잘 쓰고 뭘

좋아하는지부터 살폈고, 아이돌을 좋아하기 전에 사회면에
나오지 않을 인물을 픽하기에 바빴고, 물건 역시 가치를
이해하기 전에 그 브랜드에 돈을 쓰지 않았다. 고로 문학을
포함하여 내 삶의 모든 것을 백화점에 값을 치러 가며 배웠다
해도 과언이 아니라고 감히 생각한다.

　엄마는 지금도 가끔 구멍 난 내 카드값을 메꾸시며
그날 백화점에 간 것을 내내 후회한다. 위로할 줄 아는 게
쇼핑밖에 없다고 가르친 것 같아 죄가 크다고 생각하셨다.
그러나 나는 생각이 다르다. 엄마가 내 손을 잡고 본때를
보여 주자고 했던 것은 결코 틀린 말이 아니다. 본때를 보여
주려면 많은 것이 필요하다는 것을 나는 그때 알았다. 내가
쓰는 글들이 시간과 무관하게 몇 번이고 읽히고 또 읽힌다면
그것이 본때가 아닐까?
　이 글은 초고에서 절반이 사라지고 다시 태어나는 데
3년이 걸렸다. 내 책 중에 가장 오래 걸린 산문인 셈이다.
나는 지금이 본때를 보여 줄 기회라고 믿는다. 친애하는
독자여. 나와 함께 쓰러, 그곳으로 들어가겠는가?

1부

내가 갖고 싶은 것

덤이지만 완전한 하나

2024년 4월 2일이었다. 그날은 아주 오랜만에 출판사 현대문학에 독자분들을 만나러 간 날이었다. 현대문학 핀 시리즈의 100번째 도서 출간을 기념하는 팝업 스토어가 열렸고, 나는 4월 2일 오후 2시부터 4시까지 정다연 시인과 일일 점장으로 참여했다. 물론 몸만 간 것은 아니다. 늘 그랬던 것처럼 정성스럽게, 시집『불온하고 불완전한 편지』(현대문학, 2021)를 발간할 때 만들어 두었던 '웰컴 기프트'를 챙겨 갔다.

'웰컴 기프트'란 책과 함께 증정했던 붉은 봉투를 말한다. 『불온하고 불완전한 편지』가 뉴욕 뉴 뮤지엄의 미술 전시 도록이라는 콘셉트로 쓰였기 때문에 그 결에 맞게 내가 직접 미술관 티켓, 엽서, 포스터 등을 제작해 하나하나 포장한

핸드메이드 굿즈였다. 봉투를 책상 앞에 쌓아 두고 나를
찾아온 반가운 독자분들에게 서명할 준비를 하고 있을
때였다. 그때 한 독자가 조심스럽게 물었다.

"작가님, 이건 다 작가님이 만드는 거예요?"

나는 답했다.

"네."

그러자 독자분은 봉투를 받아 들며 이렇게 말했다.

"인터넷 서점에서 책을 사며 받은 굿즈는 많았어도
작가님이 이렇게 손수 만든 굿즈를 받는 건 처음이에요."

처음. 처음이라는 단어를 쓰니 왠지 아주 오래전으로
거슬러 올라가야 할 것 같다. 두말하면 입 아프지만 나는
문학 덕후였다. 덕후 중에서도 덕력이 가장 높은 씹덕이었다.
씹덕이었으므로 작가에 관한 것이라면 일단 뭐가 됐든
모으는 것을 좋아했다. 작가의 이력은 물론이고 학력, 그리고
어느 지역에서 출몰하는지, 어떤 작품으로 데뷔해 어떤 책을
어느 출판사에서 냈는지 줄줄이 꿰고 다녔다. 나무위키가 이
세상에 없었다면 내가 걸어 다니는 문예-나무위키였을 거다.
나는 그 정도로 시와 문학을, 그리고 그걸 해 내는 주체인
작가를 미치도록 사랑했다.

물론 작가를 사랑하는 일은 쉽지 않았다. 이유를 생각해

보자면…… 나는 아주 어렸을 때부터 아이돌을 좋아했는데, 아이돌의 경우에는 그를 향한 나의 사랑을 기념할 수 있는 물건이 차고 넘치게 많았다. 팬클럽만 가입해도 팬클럽 키트를 줬고, 나와 같은 팬들이 개인적으로 제작한 물건도 공동구매하여 나누어 가질 수 있었다. 내가 좋아하는 그룹이 특정 제품의 광고를 맡으면 그 제품의 회사 역시 구매 품목에 따라 특별한 포토 카드를 제공했기에, 돈만 있다면 무한정으로 내가 가진 사랑과 헌신을 기념할 수 있었다.

그런데 돌-덕질에서 문학-덕질로 넘어온 뒤로는 콘텐츠 기근에 시달릴 수밖에 없었다. 문학은 돌 판에 비해 즐길 수 있는 콘텐츠가 현저히 적었고, 그마저도 기껏해야 텍스트에 기반한 것이 전부였다. 비활동기에도 영상의 축복이 마를 날이 없는 돌 판과 달리 내가 사랑하는 시인의 경우, 아무리 빨라도 5년에나 한 번꼴로 책이 나왔다. 내가 당신의 책을 달달 외울 때까지도 나타나지 않았던 것이다.

지금이야 SNS가 발달해 작가가 활동하지 않는 시기에도 무엇을 하며 창작 활동을 하고 지내는지 가늠할 수 있지만, 이전에는 그럴 수 없어 더 슬펐다. 그래서 나는 책을 읽으며 여러 상상력으로 작가의 삶을 짐작했다.

그들은 요즘 어떤 시를 쓸까?

알 수 없었다.

그들은 무슨 생각으로 이 글을 썼을까?

알 수 없었다.

그들의 다음 책은 어디에서 나올까?

알 수 없었다.

알 수 없었기에 책이 막 출간되어 나온 그 기간 동안 바짝, 최대한의 정보를 모아야만 했다. 출판사에서 월드컵이나 올림픽처럼 드문드문 공식적으로 개최하는 작가들의 낭독회를 따라다녔다. 낭독회를 따라다니면 책에는 쓰여 있지 않은 작가에 대한 정보를 들을 수 있었고, 그들의 삶을 엿볼 수 있었다. 학교에서 스승과 제자로 만나지 않는 이상 내가 사랑하는 작가를 볼 수 있는 기회는 오로지 낭독회뿐이었다. 나는 작은 공간에서 시인과 같은 책을 펼치고, 시인이 육성으로 읽어 내려가는 시를 들으며, 내가 읽은 리듬의 호흡이 맞았는지 대조해 보기도 했다. 작은 쉼표라도 놓칠까 최대한 숨을 죽이고 두 귀를 온전히 작가에게 갖다 댈 수 있었던 그 순간은 무척이나 소중했다.

물론 그것만 좋았던 것은 아니다. 출판사에서 신간 출간 기념으로 진행하는 낭독회에는, 대부분 돈을 주고는 절대로 살 수 없는, 소량으로 만들어진 책갈피나, 시의 한 구절이 적힌 스티커를 받을 수 있었다. 오랜 덕질로 담금질이 되어 있던 나는 감히 확신했다. 이건 절대로 붙이라고 준 스티커가 아니다. 절대 용도대로 책갈피로 써서도 안 된다. 이것은 단지 오늘을 위해 최소 수량으로 제작되어, 갖고 싶어도 더 가질 수 없는 한정판 굿즈라는 것을. 그리고 나의 예상대로 더는 세상에 판매되지 않는 그 물건들은 고스란히 나의 보물 창고로 들어갔다.

사용하지 않아야 원본이 유지되는 기념품들이 켜켜이 쌓여 갈 때마다 나는 상상했다. 훗날 내가 작가가 된다면, 내가 낭독회에서 나의 시를 읽을 수 있는 멋진 시인이 된다면, 이것보다는 더 많이, 무엇이든 퍼 주리라. 소장도 하고 써먹을 수도 있게 아낌없이 퍼 주리라.

몇 년 뒤, 다행히 나는 시인이 되었다. 단언컨대 시인이 된 뒤 가장 고심하여 만든 첫 굿즈는 시집이라고 할 수 있겠다. 모름지기 굿즈란 덤이라고 생각하지만 그건 덕질을 못 해 본 사람들이 착각하는 것이다. 요즘에는 굿즈가 애초에 포함된 구성으로 앨범이 발표되고 있다. 그리고 그 음악을 스트리밍하지 않고 소장한다는 것은, '이 사람의 이야기'를 단순히 듣는 것이 아니라 두고두고 내 곁에 두고 싶다는 뜻이다. 역시 기본이 가장 중요하다. 무명 아이돌이 최고의 굿즈 구성으로 앨범을 냈는데도 폭망했다면 바로 그 이유를 간과했기 때문이다. 스토리텔링은 거기에서 생긴다.

나의 첫 시집 『캣콜링』. 시인이라면 내가 가진 고유의
이야기가 매력 있어야 다른 부가적인 것들도 힘을 받을
것으로 생각했다. 나를 설명할 수 있는 수많은 이력도 결국
시집이 좋지 않으면 소수의 독자도 생길 수 없다고 생각했다.
아무리 마케팅한다 해도, 그 마케팅이 입소문을 불러와
구매까지 이어진다 해도, 시가 좋지 않으면 독자의 마음을
오래 묶어 둘 수 없다고 생각했다. 하다못해 밑줄을 그을
만한 문장을 똑 떼어 스티커를 만든다 해도 결국에는 그
문장만 남고 내 시 전문은 잊힐 것이 뻔하므로 아무런 의미가
없다고 생각했다. 그래서 나는 시집의 내용에도 물론 많은
신경을 썼지만, 만듦새에도 그만큼 많은 공을 들였다.

나의 진짜 고민은 원고를 편집부에 전부 넘기고 나서부터
시작됐다. 우선 나는 내가 시집을 살 때 하는 행동에 대해서
되짚어 보았다.

하나. 사람들은 시집을 살 때 출판사와 제목과 이름을
본다.

둘. 이름을 보고 그다음에는 '시인의 말'을 본다.

셋. '시인의 말'을 본 뒤 첫 시를 보고 그다음 1부 정도를
슬쩍 넘겨 본 뒤 우연히 눈에 닿은 시가 마음에 들었을 때
비로소 구매로 이어진다.

나는 가장 먼저 독자의 눈을 사로잡을 색을 고민했다.

후보로 여러 가지 컬러가 있었지만, 무엇보다 붉은색이면 좋을 것 같았다. 빨간색이 시의 내용과 도드라지게 잘 어울릴 거라고 확신했다. 첫 책의 색이 나만의 시그니처 컬러로 굳어져, 독자들이 나를 떠올렸을 때 생각하는 대표 이미지가 될 수도 있다고 감히 생각했다. 그 때문에 나는 편집자님과 함께 붉은색의 명도를 섬세하게 골랐다.

"이 빨강이 아니에요. 조금 더 어둡게요. 조르조 아르마니 쿠션 레드 컬러요." 이렇게.

사실 시인은 디자인을 고를 수 있는 선택의 폭이 매우 적다. 지금 독자들이 떠올리는 여러 출판사들의 시리즈를 보자. 오로지 제목과 시인의 이름과 색만 다르게 컬렉션을 유지하고 있다. 물론 다른 작가들은 작품에 따라 다른 색을 선정할 수 있었을 수도 있었겠다. 앞의 작가와 컬러가 겹쳐선 안 된다는 조언을 들었을 수도 있었겠다. 그러므로 출판사에서 여러 가지 색을 얹어 시안을 주면 그 안에서 끊임없이 고민하여 고른 색이 독자의 두 손에 담긴 바로 그 책일 것이다. 그러나 나의 경우는 색을 정한다는 것 자체가 굉장히 진지한 고민이었다. 신화창조가 되면 주황공주가 되어야 하고, 샤이니 월드가 되면 펄아쿠아그린이 정체성인 것처럼 그리고 그 색이 겹치면 팬덤끼리 개싸움이 날 정도로 예민한 부분이라고 생각했기 때문에 나에게 색이란

그야말로 아티스트가 변화하더라도 유지되는 단 한 가지의
상징에 가까웠다.

그 후에 내가 할 수 있는 최선의 노력은 '시인의 말'이었다.
다른 작가들은 '시인의 말'을 어떻게 쓰는지 모르겠지만,
나는 가끔 시보다 '시인의 말'이 더 어렵다. 여전히 가장 많은
시간을 들이는 부분이다.

'시인의 말'로는 시집 전체를 관통하면서도 독자들을
한번에 사로잡을 문장이 필요했는데, 사실 교정지를 몇
번이나 주고받은 뒤에도 나는 그 문장을 찾지 못했다.
처음에는 이 시집에서 빠진 시를 뚝 떼어 넣어 보기도 했고,
또 마음이 바뀌어 사뭇 진지한 문장을 적어 놓기도 했다.

그러다 최종 교정지가 임박해서야 '시인의 말'을
바꾸겠다는 메일을 다음과 같이 보냈다.

"걔는 분명 지옥에 갈 거야. 우릴 슬프게 했으니까."

그렇게 나의 첫 굿즈, 나의 전부, 나의 토대, 나의 첫
시집이 태어났다. 아주 오래전 몇 번이고 그려 왔던 것처럼
여러 장소에서 독자를 만났다. 내가 더듬더듬 읽어 내려가는
나의 시를 귀히 듣는 독자를 바라보며, 몇 번이고 나의
과거를 대입해 보았다. 그러자 드는 생각.

잠깐, 우리가 이렇게 어렵게 만났는데, 만난 것도
인연인데, 빈손으로 헤어지는 것은 너무하지 않나?

하나를 주면 하나를 더 퍼 줘야지.

책이 홀로 외로워서는 안 되지.

왼손에 책이 담겼던 일을 오른손의 굿즈가 기억하게
했어야지.

허전한 손과, 호주머니와, 가방을 가지고 집으로 향하는
독자를 보는 일이 어느 순간 자꾸만 눈에 밟혔기에, 나는
그길로 집으로 돌아와 간단한 책갈피라도 빨리 만들어
나눠야겠다고 생각했다.

하지만 의욕과는 달리, 제대로 된 디자인을 할 줄 몰랐던
나는 결국 투명 명함을 만드는 템플릿을 열어, 시집 표지의
직사각형 이미지를 그대로 얹었다. 투명한 PVC 뒤로 문장이
어렴풋이 비친다면, 이 책과 함께 오랫동안 마모되지 않고
쓸 수 있을 것이라 생각했다. 내가 일주일 만에 만든 투명
책갈피는 곧바로 독자들에게, 그리고 문학 살롱 초고에서
'캣콜링'이라는 이름의 칵테일을 사 마시는 손님들에게
넉넉히 제공되었다.

내가 책갈피에서 조금 더 제작 스케일을 키운 계기는
후원 방식으로 텀블벅 펀딩을 받는, 독립 잡지 《토이박스》
덕분이었다. 시를 청탁받았던 나는, 무엇보다 잡지의 운영
방식에 눈길이 갔다. 《토이박스》는 후원금을 작가에게 따로

전달할 수 있었는데, 후원금을 받으면 작가가 직접 무언가 선물을 건네야 했다. 책갈피로 나눔의 재미를 봤던 터라 괜히 더 욕심이 생겼다.

고심 끝에 과거 돌 판 덕질에서 갈고닦은 짬으로, 핀 배지를 만드는 을지로 최고 업체를 찾았다.

문제는 금액이었고 그보다 더 큰 문제가 있다면 최소 수량이었다. 아무리 나누어 줘도 다 쓸 일이 없을 것 같은, 최소 수량 100개의 배지를 만들며 사비로 약 50만 원 이상을 태웠다. 이때 만든 배지를 정말 많은 사람에게 보이는 족족 나눴지만 아직도 우리 집에 스무 개는 넘게 남아 있다. 서랍을 열면 곳곳에서 배지가 튀어나온다.

사실 문제는 이뿐만이 아니다. 50만 원의 제작비를 떠안고 나니, 간땡이가 커져, 이후에는 손익계산 따위는 하지 않고 출간하는 책 콘셉트에 맞는 물건을 갖가지로 만들기 시작했다. 한번 만들기 시작하니 나름 루틴이 생겨, 이제는 원고를 마감하고 책이 인쇄로 넘어간 뒤 가만히 발간 일자를 기다리는 1~2주의 도서 제작 기간 동안 시와는 다른 종류의 창작의 혼을 굿즈 제작에 불태운다. 제작이 가능한 온갖 업체를 알아보며 출판사조차도 모를 마케팅에 혼신을 다했다.

유년 시절의 일기를 토대로 만들어진 산문집에는 표지

작가 '재유노나카'의 소잉 드로잉 파우치를 나누었고, 노화에 관해 쓴 산문 출간 때는 직접 손거울을 만들기도 했다. 시집 제목을 얹은 제작 볼펜부터, 소설 속의 문장이 들어간 머그컵 등등, 빌어먹을 최소 수량 때문에 집 안에는 셀 수도 없을 정도의 굿즈 재고가 한가득 쌓여 갔다.

  방 한편에는 내가 만든 내가
  먼지를 뒤집어쓰고 엎어져
  울고 있었다 그럼에도 불구하고……

  올해는 내가 시인이 된 지 10년이 되는 해다. 한국 사람이라면 모름지기 5의 배수 기념일을 그냥 넘기지 않는다. 그러므로 나는 당장 낸 책도 없으면서 최고의 굿즈를 모아 독자들에게 나누고 싶었다.
  자, 여기에서 내 굿즈 중 가장 스케일이 큰 '이소호 패키지'가 시작되었다.
  이소호 패키지에는 다음과 같은 물건이 들어 있다. 내가 직접 조립한 박스 안에 실제 나의 모든 글이 태어난 책상 사진 스티커, 그리고 내가 글을 쓸 때 반복해 듣는 플레이리스트. 콘티 작가님께서 내 책을 읽은 느낌을 살려 퍼스널로 조향한 향수. 내가 매일 마시는 우리 동네 카페의

드립백, 내가 밑줄을 긋는 연필과 그 글을 쓰는 동안 마음을
두었던 전시의 엽서.

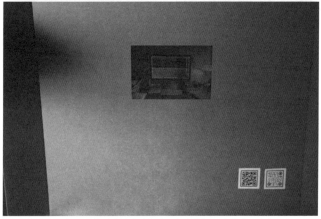

이건 뭘 사야 주냐는 DM을 가장 많이 받은 이소호 패키지(위)와 책상 스티커(아래).

여러 북토크를 하면서 가장 많이 들었던 말은 창작의
순간에 대한 질문이다. 나는 나의 루틴을 나열하거나, 혹은
사실 별다른 것은 없으며 좋아하는 것을 향유하고 그 좋은
기분으로 책상 앞에 앉는 것이 유일한 습관임을 알렸으나,
나는 이걸 언어로 나누는 것에 한계를 느끼곤 했다.
언어보다는 더 직접적인 표현이 필요했다. 인간에는 오감이
있으니 모든 오감을 다 자극하고 싶었다. 시집의 시각,
플레이리스트의 청각, 메모지의 촉각, 그리고 드립백의 미각
마지막으로 쓰기 전에 꼭 뿌리는 향수의 후각까지.

내가 감히 몇 개의 오브제로 창작의 순간을 독자와 나눌
수 있다면 그건 이런 형태가 아니었을까. 하지만 이것을
나누어 주고 내가 듣는 소리는 불행히도 다음과 같다.

"근데 소호야. 이걸 출판사가 안 해 주고 왜 네가 만들어?"
"소호는 참 자신을 많이 사랑하나 봐."
"부지런하고 용기 있네, 대단히."

그런가?
사람들이 여러 가지 말을 얹었지만 여기 정답은 없다.
내가 굿즈를 만드는 이유는, 출판사가 내 굿즈를 만들어 주지
않아서가 아니다. 내가 부지런해서도 아니다. 돈이 많아서도

아니고, 나를 너무 사랑해서는 더더욱 아니다.

무언가를 사는 행위에 중독돼 있었던 나는 물건이 가진 고유의 힘을 믿는다. 아니 맹신한다. 물건에 깃든 순간을 믿는다. 그 물건이 소환해 줄 단단한 추억을 믿는다. 대전에서 튀김소보로를 사고, 제주에서 감귤초콜릿을 사는 것처럼. 해외에서 도시의 이름이 박힌 마그넷을 사는 것처럼. 냉장고에 붙어 있는 것 말고는 도통 쓸모가 없지만, 가끔 시선을 두는 것만으로도 그 물건을 골랐을 때의 순간으로 돌아가게 만드는 그 힘. 그러니까 나는 내가 만든 굿즈에도 그런 힘이 있다고 믿는다. 누군가에게는 관심 없는 마그넷처럼 세상 쓸모없을지도 모르겠지만, 또 모르지. 다른 누군가에게는 이소호가 쓴 이런저런 책의 내용은 다 잊어버렸어도 내가 건넨 굿즈는 일상에 지독하게 남아서 당신의 삶 한구석을 차지할지도.

지금도 나는 이 글을 쓰며, 이 책으로 당신에게 무엇을 남길 수 있을지 고민해 본다. 방금 머릿속으로 장바구니나, 영수증 디자인의 라벨 키링 등이 스쳐 지나갔다. 굿즈의 쓸모란 이런 것이다. 방금 읽은 이 글이 머릿속에서 깡그리 휘발되더라도 아마 그는 기념품을 건넨 나는 잊지 못할 것이다. 당신이 알라딘 중고 서점에 내 책을 무더기로 팔아넘긴다고 하더라도, 나는 당신 곁에 끝끝내 살아남을

것이다. 장바구니나 키링으로. 당신의 일상에 깊숙하게
침투한 물건으로 말미암아, 당신의 일부로서 새 삶을 살게
되리라.

쓰다가 한 생각

이 글을 읽는 분이 계시다면, 갑자기 무지성 충동 비용을 꼭 써야
할 분이 계시다면, "아 오늘 뭐라도 사야지, 짜증 나서 안 되겠네!"
소리치면서 이소호 책 샀으면 좋겠다. 이소호 책 사면서 "아 얘들아
우리 단군의 자손인 거 잊었어? 이 책 한 권으로 세상을 널리널리
이롭게 하자." 해서 한 권 더 샀으면 좋겠다. 그러다 갑자기 또
시들시들해졌을 때 누가 밈으로 내 문장을 쓱쓱 사용했으면 좋겠다.
그리고 그 밈의 대상자가 알아 버려서 또다시 이슈가 되었으면
좋겠다. 잊힐 때마다 끌올되어, 짤계의 클래식이 되었으면 좋겠다.
그러다 갑자기 또 아이돌 팬분들께서 내 시 한 줄을 불펌하여 "이렇게
사랑하는데 어째서 사랑이 아니야?" 혹은 "베드로도 사랑했어
예수를." 그랬으면 좋겠다. 그래서 이 시가 뭔데? 궁금증으로
삼삼오오 모인 사람들이 그렇게 독서 모임을 가지고, 이에 대해
이야기를 나누다 결국 1가정 1『캣콜링』이 된다면, 그들 중 한 용기
있는 친구가 나서서, 얘들아, 근데 이소호에게 사실 산문집도 있었대.

너희도 들어 본 적 없지? 그래 그만큼 그 산문집은 팔리지 않았어. 그 산문집이 왜 안 팔리는지 이유를 잘 모르겠는데, 나한테는 레알 국수템이었거든? 한번 펼치면 시간 뚝딱이야. 읽잖아? 그럼 시간이 끝이야. 시는 좀 무서워도 산문은 웃겨. 추천해. 그리고 표지가 힙해. 힙하니까 그냥 사 두고 안 읽고 책장에만 꽂아 놔도 인테리어 각이야. 이렇게 말해 주었으면 좋겠다. 북호더들의 사랑을 받으며 여기저기 나보다 더 멀리 떠나서 사진이라도 많이 찍혔으면 좋겠다. 앞으로의 모든 친구 선물은 내 책이었으면 좋겠다. 아무도 눈치채지 못하게 벽장에서 매대로 가서 누웠다가 다시 슬금슬금 눈치를 보고 벽장에 꽂히면 얼마나 좋을까. 아니다, 앞의 말은 다 취소다. 그냥 파주출판도시 창고에서 이소호만 골라골라 다 사 보고 싶다. 피카소의 아버지가 익명으로 피카소의 작품을 다 사 버려 피카소가 유명해진 것처럼 나도 내 재력을 다 끌어다 모아서 내 책을 양껏 사고 싶다. 사실 문제는 돈이 아니다. 그림과는 달리 내가 내 1쇄를 다 사도 나는 유명해지지 않을 것이며, 그것은 우리 가족들에게나 화젯거리가 될 것이다. 쯧쯧 혀를 차며 돈만 버렸네 할머니는 말할 것이다. 아마도, 그럴 것이다. 그리고 쌓인 책들은 애물단지가 될 것이다. 왜냐하면 책을 선물했을 때 고마워할 사람이 별로 없을 테니까. 나도 안다. 책은 사람들이 제일 싫어하는 선물이니까.

홀수는 외로워

얼마 전 나는 펀딩을 했다. 펀딩의 품목은 한복이었고 가격 대비 퀄리티가 굉장히 좋은 브랜드였다. 펀딩은 구매 수량을 미리 파악하여 수요를 예측한 뒤 공급하기 때문에 많은 사람들이 사면 살수록 품목 가격이 저렴해지는 새로운 쇼핑 창구였다. 그 한복 브랜드에 펀딩을 한 지 얼마 지나지 않았지만 이번 기회도 놓칠 수 없었다. 멍청이라면 그 기회를 놓치겠지만, 이 기회는 빚을 져서라도 해 내야만 하는 펀딩이었다. '세기의 콜라보레이션', 그리고 '정해진 한정 수량 2000장'에 '정가 대비 3분의 1 가격'이라는 말은 나를 굉장히 조급하게 만들었다.

나는 펀딩이 시작되기 전에 미리 확인할 수 있는 리워드 혜택을 꼼꼼하게 확인했다. 그리고 인스타그램 라이브를

통해 제품의 디테일을 영상으로 보았고 현대복과 어떻게
어울리게 입을 수 있는지도 살펴보았다. 이제 모든 준비는
다 끝났다. 왜 저 물건이 나에게 없어서는 안 되는지, 이젠
이유가 필요했다.

　뭐랄까. 나의 고민은 항상 여러분을 뛰어넘는다. 검정색
로브와 대나무 매화 로브, 펀딩 품목으로는 이렇게 두 가지가
나왔다. 이때 나의 고민은 '두 개를 다 살까?'가 아니다.
네 개를 살 것인가 다섯 개를 살 것인가에 대한 고민이다.
검정색은 기본이 되기 때문에 여러모로 무난하고, 정장에도
캐주얼에도 잘 어울린다. 그러나 여러 면모에서 다 잘
어울린다는 것은 곧 자주 사용하여 빨리 닳는다는 사실을
의미하기도 한다. 패브릭 덕후의 삶은 슬픈 것이다. 세상에
닳지 않는 것은 없다지만, 패브릭은 닳아도 너무 눈에 띄게
닳는다. 가죽은 닳을수록 멋스러워진다지만 패브릭은
그렇지 않다. 거지꼴을 면치 못한다.
　그때 갑자기 얼마 전에 딱 좋은 두께로 나에게 큰 사랑을
받았던 김홍도 중치막 I이 2로 바뀌면서 두께와 가격이
변동되어 화가 났던 기억이 났다. (중치막은 나에게는
마치 힙한 로브나 카디건 같은 느낌이었는데, 두께가 변화하며
트렌치코트 같은 느낌으로 변질되었다. 그야말로 활용도가 더

떨어진 느낌이었다.) 중치막 1을 살 때에는 가격이 너무 비싸 두 개를 살 수 없었던 것이다. 그때부터 나는 깨달았던 것 같다. 아무리 비싸도 내 실사용과 보관용으로 두 벌씩은 사리라.

드디어 기다리던 펀딩 당일이 되었다. 나는 2시 알람을 맞춰 놓고 그도 믿을 수 없어서 1시 59분부터 새로고침을 하기 시작했다. 59분부터 초 단위로 미친 듯이 새로고침을 했고 결국 검정색 로브(실사용 1, 보관용 2)와 대나무 매화 로브(실사용 1, 보관용 1)를 샀다. 펀딩은 나의 예상대로 검정부터 조기 매진되어 버렸다. 무난한 아이템은 보관용을 짝수로, 특이한 디자인은 실사 1 보관 1로 그 자체로 짝수를 이루도록 구매하는 것이 나의 원칙이다.

그렇게 나는 또 하나의 물건을 최대치의 할인율로 샀다. 산 물건은 펀딩의 특성상 몇 주의 시간을 기다리면 집으로 온다. 물건이 도착하면 나는 옷을 색깔별로 하나씩만 뜯어서 옷걸이에 걸어 두고 나머지는 뜯어 보지도 않은 채 곧장 나의 리빙 박스로 던져 넣는다.

이때 리빙 박스란 무엇일까?
물건의 타임캡슐? 그곳에 던져 넣는 물건이란 거의 한정판이니까.

고백하자면 리빙 박스는 나의 강박의 상징이다.

리빙 박스 안의 물건은 누구에게 전해지지도 전하지도 않고 오직 내가 나의 마음만을 위해 가지고 있는 것들이다. 나는 물건을 너무 사랑한 나머지 그냥 가지고만 있고 싶어서 10만 원에서 많게는 50만 원의 돈을 쓴다. 그냥 하나 더 가지고 있지 않으면 불안한 것이다.

"태그도 떼지 않은 채 저 안에 있는 물건이 총 몇 개라고 생각해?"

나는 친구에게 묻는다.

친구는 내게 다시 묻는다.

"있잖아, 도대체 이 거대한 박스 안에 뭐가 들어 있는지 알기는 해? 태그는 고사하고 뭐가 있는지도 너는 모를 것 같은데 너."

박스는 하루 평균 네 개의 택배를 감당하지 못하고 점점 부풀어 올라 이젠 닫기도 어렵다. 이 안에 있는 물건들을 내가 죽으면, 아니 내가 죽기 전에 다시 입을 수 있을까? 이 스페어타이어 같은 옷들은 자신의 수명과 가치를 언젠가는 다하게 될까? 아니면 나의 후손의 후손의 후손이 박물관에 기부해 먼 훗날 '21세기 한복'이라는 이름으로 어딘가에 걸려 있을지도 모를 일이다.

나는 왜 이렇게 되었는가?

나는 왜 이렇게 물건을 강박적으로 사게 되었는가.

핑계 없는 무덤은 없다고 당연히 기가 막힌 핑계가
준비되어 있다. 물건을 파는 사장님마저도 내게 두 개씩
사는 게 확실하냐고 물어보면서도 '왜' 두 개씩 사느냐고는
물어보지 않았던, 그 이상한 이야기를 해 보려고 한다.

처음은 홍콩이었다. 나와 동생은 몇 년 전 1주일 정도 함께
홍콩을 다녀왔다. 단둘이 가는 여행은 처음이었는데, 동생과
나는 엄마 아빠에게 너무 고마운 나머지, 그 비싼 홍콩
땅에서 용돈을 아끼고 아껴 냉장고에 붙이는 마그네틱 인형
하나와 심플하고 멋진 카시오 전자시계 중 나름 고급 라인을
골라 하나 사 왔다. 짝퉁 롤렉스라든가 짝퉁 명품 지갑의
치명적인 목소리가 우리를 유혹했지만 '짝퉁을 사느니 그냥
저렴하고 의미 있는 걸 사겠어!'라며 뿌듯해했던 기억이
난다. 우리는 귀국하는 날을 기다렸다. 엄마 아빠에게 선물을
주기 위해 기다렸다.

"엄마 아빠가 얼마나 행복해하실까, 여행비를 이렇게나
많이 아끼고 선물까지 사 온 우리를 자랑스러워하실 거야."

그러나 한국에 도착했을 때 엄마는 우리가 준비한 선물을
보고 굉장히 실망했다.

"뭐야, 짝수가 아니네?"

예상치 못한 대답이었다. 그래서 되물어 볼 수밖에
없었다.

"짝수가 왜 필요해? 아빠는 시계가 필요하고 엄마는
오밀조밀한 걸 좋아하니까 냉장고에 붙일 인형 하나 사 온
건데 그게 잘못이야? 인형은 심지어 수제라 비싸다고!"

"그래. 시계는 그렇다 치고 그럼 인형이라도 두 개를 사
왔어야지. 얘가 타국에 와서 얼마나 외롭겠니?"

"인형이 왜 외로워? 이 인형은 원래 이렇게 하나로
태어났어."

"아니야, 물건은 짝수야."

아 엄마가 이렇게 인형의 마음까지 헤아릴 줄 아는
사람이었던가? 나는 여태 몰랐다. 그냥 너무 머리가 아파
왔다.

"엄마. 저 인형은 외롭지 않을 거야. 다음에 내가 홍콩 가면
사 올게. 됐지?"

그렇게 엄마의 짝수론은 일단락된 듯했다.

그로부터 아주 오랜 뒤에 나는 뉴욕에 갔다. 2014년, 한
달간의 여행을 마치고 돌아오는 길이었다. 내가 디즈니
숍에서 구입한 데이지 덕 한 마리만 안고 귀국했을 때

엄마는 도널드 덕과 함께 입국하지 않았다고 매우 화를 냈다. 그래서 나는 엄마에게 도널드 덕은 입고 예정이 없고 데이지 덕만 있어서 데려왔다, 그게 뭐가 중요한데 왜 이렇게 화를 내느냐고 같이 따졌다. 엄마는 앞으로 이런 일이 있으면 데이지 덕도 사지 말라고 했다.

"네가 데이지 덕만 사 오는 바람에 데이지 덕은 오히려 외로워졌어."

나는 점점 짝수에 집착하는 엄마를 이해할 수 없었다.

몇 해가 지나고 2019년이 되었다. 이번에는 엄마와 함께 다시 뉴욕으로 갔다.

가자마자 엄마에게 제일 가고 싶었던 곳을 물었다. 엄마의 대답은 의외였다. 타임스퀘어의 디즈니 숍에 가자는 것이었다.

"엄마도 디즈니 좋아해?"

엄마는 이번에도 전혀 예상 밖의 답을 했다.

"무슨 소리야. 도널드 덕 사러 가야지. 그때는 없어도 지금은 있을지 모르잖아."

점점 짝수에 집착하는 엄마가 이상했다.

그렇지만 동시에 물건을 두 개씩 사지 않으면 아무 의미가 없다고 생각하는 엄마를 보면서 나 역시 짝수가 아니면

앞으로 그 어떤 것도 사지 않겠다고 다짐하게 되었던 것
같다.

몇 년이 지나고야 만난 도널드 덕을 안고 숙소로 돌아오는
길, 우리는 차창 밖 뉴욕의 노을을 보며 이야기를 나누었다.

"있잖아 엄마. 짝수가 더 외로울 수도 있다는 생각은 안
해?"

"사람은 그럴 수 있지. 그렇지만 물건은 모자라고
남더라도 짝수인 게 좋아. 남아서 찬장에 들어가 다시는
나오지 않더라도, 언젠가 함께할 기대감을 가질 수 있게
되잖아. 그러니까. 물건은 꼭 짝수여야 해. 그리고 봐 봐,
우리도 다 짝수야. 거울 속에 왜 팔이 두 개고 다리가 두
개고 귀가 두 개겠니. 왜 신이 우리를 모두 짝수로 대칭으로
만들었겠니."

"그 논리라면 이상해 엄마. 왜 입은 하나야?"

"말은 줄일수록, 줄일수록 아름다운 것이니까. 신은
우리를 가장 아름답게 빚었으니까, 입만 유일하게 하나인
거야."

"……."

"더 많이 보고 들어도 말은 하지 마. 많이 걷고 많이 돕는
이 두 손이 있더라도 어디 가서는 절대 떠들지 말란 말이야.
알겠어?"

"응 알겠어."

그러니까 나는 짝수 영재였다.

홀수.

홀수는 외롭다.

홀수는 쓸데없다.

홀수는 위험하다.

홀수는 아무짝에도 쓸모없다.

홀수는 낙오다.

짝수가 되어야만 한다.

홀수의 아름다움도 있는 법인데, 덜컥 겁부터 먹어 버린 나는,

아무하고나 연애도 했고 헤어지고 싶지 않아서, 홀수가 되고 싶지 않아 애걸복걸했고, 혼자가 되는 것보다 치욕을 참는 게 옳은 일이라고 생각했다.

그래서 버텼다.

더는 찍을 쉼표도 더는 찍을 구멍도 없는 통장이 나를 물끄러미 바라보았지만 어쩔 수 없었다. 홀수는 위험하니까.

그러니까 물건도 두 개씩 살 수밖에 없었던 것이다. 내가 사는 세계란 그런 곳이었다. 하나가 되면 불안한 그곳은 위태롭고, 혼이 나는 곳. 그래서 가장 좋은 일이 있을 때에도,

꼭짓점에 서 있는 것처럼 언제나 불안했다. '사람 인(人)'은 인간이 인간에게 기대는 형상의 상형문자라던데, 나는 문자대로 누군가에게 기대지 않으면 푹 쓰러질 것이라고 믿어 의심치 않았다. 나약하게 서 있었다. 이렇게 누워서도 'ㅡ' 하나의 글자를 만들 수도 있다는 것을 간과한 나의 불찰이었다.

쓰다가 한 생각

나는 짝패로 시 발표하는 것도 좋아한다. 짧더라도 이 시 뒤에는 무조건 이 시가 와야 한다고 우기는 경우가 간혹 있는데, 그럴 때면 어떻게든 한 펼침면에 두 시를 넣어 달라고 애걸복걸하기도 한다.

"문장과 문장 사이 줄 간격을 줄여도 좋아요. 제발 저의 소원을 들어주세요."

편집자분들께 부탁드리면 편집자님들은 마법을 부려서 그렇게 만들어 주셨다. 나를 배려하신 것이다. 그렇게 책들은 하나씩 순탄하면서도 순탄하지 않게 태어났다. 이것은 문예지에서도 마찬가지다.

"꼭 한 페이지에 시 하나 딱 들어갈 수 있도록 한 면을 활짝 펼쳤을 때 두 시가 동시에 보이도록 조정 가능할까요?"

그리고 차마 붙이지 못한 말.......

'제가 짝수 강박증이 있어서요.'

진실한 구라

　　영화 「타짜」의 전설적인 도박꾼 평경장은 화투판에서
이런 말을 남겼다.

　　"내가 누구냐? 화투를 거의 아트의 경지로 끌어올려서
내가 화투고 화투가 나인 물아일체의 경지, 응? 혼이 담긴
구라. 어엉?"

　　내가 진정으로 혼이 담긴 '구라'를 치기 시작한 것은
다름 아닌 시를 쓰면서부터. 혹자는 시를 쓴다는 것을
가장 진실한 예술 행위라고 생각하는 경우가 있지만,
나는 오히려 문학을 업으로 삼고 계속해서 배우면서 달리
생각하게 되었다. 문학은 나로부터 출발하지만, 불완전한

기억력 덕분이랄지 동시에 모든 것이 결국 허구로 수렴하는 것이기도 하다. 온갖 인터뷰에서 가족 이야기가 이렇게 그려지는 것에 대해, '작가님 가족들이나 주변 사람들이 싫어하지는 않나요?'라고 걱정스럽게 묻는 사람들의 우려와는 달리 내 주변은 아주 평온했다. 우리 가족은 재미있게도 진짜 있었던 일을 내가 지어낸 거라고 믿는 경우가 태반이었다. 그러다 내가 피해자만 기억하는 더러운 기억을 시나 산문에 세세하게 적으면 오히려 이런 이야기를 듣는다. '우리가 정말 이랬던 적이 있던가?'

잠 못 이루는 이 밤을 지배하는 '불현듯'의 기억에 대해서라면 역시 반성도 수치도 피해자의 몫이다.

물론 이런 구라가 꼭 좋은 것만은 아니었다. 낱장의 시편을 문예지에 발표해 오던 시기가 지나고 첫 번째 시집이 나온 지 얼마 되지 않았을 때의 이야기다. 그때 나는 50여 편의, 차마 눈 뜨고 보지 못할 정도의 끔찍하고 솔직한 시를 쓴다고 용기 있다는 응원을 듣기도 했지만, 시와 거리가 먼 온라인 커뮤니티에서는 한편으로 저 작가는 "남자에 미친 정병러"에 "멘헤라"에 이기적이기 때문에 엮이지도 말아야 할 족속이라는 말을 듣기도 했다.

물론 이런 이야기는 나에게만 국한된 것이 아니었다. 시

속의 인물들 역시 독자들의 입에서 재평가받았다. 아버지는 사회적으로 존경받는 스승이었으나, 집안의 폭군이 되었고, 엄마는 이를 수수방관하는 인물이 되었으며, 동생은 패륜을 저지른 이가 되어 있었다.

지금 내가 하는 모든 이야기는 당연히 진실이 아니다.

그래서 말인데, 나는 지금 여기에도 거짓말을 썼다.

그리고 이 거짓말은 영원히 나와 나 사이의 비밀이다.

아주 구체적이고, '나'를 쏙 빼닮은 모든 사실적인 모습으로부터 거짓이 시작된다.

그렇지만 거짓을 썼다고 해서 그 말이 정말 거짓뿐이라고 단정할 수 있는가?

학창 시절 시를 처음 배울 때, 물아일체 하지 않으면 이 시에 진정성이 담길 수 없다던 선생님의 말씀이 생각난다. 그래. 문학 시간에 배웠던 것처럼 오늘 나는 내가 했던 가장 큰 거짓말에 대해서 이야기하고자 한다.

신간 출간 후 인터뷰 자리에서 벌어진 일이다.

인터뷰는 순조롭게 진행되고 있었다.

대부분이 그랬듯 가족의 곤란에 관해 묻고 또 묻던 인터뷰가 막바지를 향하면,

이상하지?

결론은 꼭 하나의 질문으로 수렴한다.

"이소호 시인의 다음 시집은 어떻게 되나요? 스포일러 해 주세요."

솔직히 말하면 나는 이 질문이 가장 곤욕스럽다. 더 솔직히 말해 보자면 나는 며칠 전에 새 시집을 냈고, 50편의 시를 모으기 위해 자그마치 100편 이상의 시를 썼다. 절반은 버려지고 또 그의 절반은 한두 줄만 남아서 다른 시에 남겨 둘 생각으로 고이고이 잠들어 있다. 그러니까 나는 다음 시집 따위는 생각해 본 적도 없거니와 격렬하게 쉬고 싶었다. 이 책을 내기까지 나는 나의 고통에 대해 너무 오래 골몰하고 그 결과로 지금 인터뷰를 하고 있지 않은가? 매번 마지막 시집이라는 생각으로 썼으므로 솔직히 다음은 없었다. 그저 집에 얌전히 누워서 이 시집으로 누릴 수 있는 부귀영화가 있다면 다 누려 보고 싶었다.

다음 시집에 관해 묻는 질문에 나는 무척 당황했다. 무슨 말이라도 해야 했다. 다음? 지금도 개노답인데 어떻게 내가 다음 시집에 관해서 이야기하지?라는 생각이 아주 재빠르게 스쳐 갔다. 그러자 얼마 전에 동료에게 들었던 한마디 말이 퍼뜩 떠올랐다.

"소호는 시에 사진도 많고 실험도 너무 많아. 시다운 시를 좀 더 써 보지."

그때 왜 그 말이 기억났던 걸까? 아까보다 더 더 솔직하게 말하자면 정면 승부를 해 보고 싶었던 것 같다. 나를 둘러싼 어떤 추측이나 평가들 사이에서 무럭무럭 자라, 기왕 이렇게 된 김에 시라고 부를 수 없는 시를 써야겠다 생각했다. 실험만 한다는 이야기에 정면으로 '맞다이를 뜨고' 싶었다. 그래서 인터뷰 말미에 이렇게 저질러 버렸다.

"포토샵을 열심히 배워서 타이포그래피로만 된 시집을 내고 싶어요."

이후 나조차도 잊어버릴 정도로 아주 찰나에 건네고 만 답변이었는데, 문제는 많은 사람이 이 이야기를 기억하고 있었다는 것이다. 『캣콜링』의 북토크에서도, 매주 출강하던 시 창작 시간에도, 독자나 수강생은 나에게 "작가님, 그러면 지금 포토샵 작업은 하고 계신 거예요?" 묻곤 했다. 그때 나는 느꼈다. 뭐라 대답할 말이 없어서 대충 둘러댄 이야기가 누군가에게는 아주 의미 있는 스포일러가 될 수도 있는 거구나.

그 때문에 나는, 정말 더 솔직히 말하는 것이 불가능하다 느껴질 정도로 최고로 솔직히 말하자면, 몇 번의 질의로 거대한 위기를 느낀 뒤 그제야 포토샵을 다운받고, 개인 사업자용 폰트를 다운받아서 시를 쓰기 시작했다.

독자들과의 약속을 내가 일방적으로 깰 수는 없는 노릇 아닌가. 뱉은 말은 주워 담을 수 없고, 이 말은 인터넷에 박제되어 지금도 나를 궁금해하는 누구나 그 문제의 인터뷰 전문을 읽어 볼 수 있다. 마치 미술관에 온 것 같아서, 다들 시집 같지도 않다던 바로 그 시집 『불온하고 불완전한 편지』는 사실 실언으로 만들어진 것이다.

실언으로 만들어졌으나, 자신할 수 있다. 나는 약속을 지키기 위해 최선을 다했다.

그리고 그때 배운 것이 있다면, 앞으로는 주댕이를 꿰매서라도 입을 함부로 놀리지 않겠다는 것. 스스로 다짐하고 또 다짐했다.

여기서 끝나는 이야기라면 나는 이 이야기를 시작하지도 않았을 거다. 아무도 몰랐던 고군분투와 우여곡절 끝에 미술관을 닮은 두 번째 시집 『불온하고 불완전한 편지』가 태어났으니, 나는 또다시 낭독회와 인터뷰를 필연적으로 진행하게 되었다. 여느 때처럼 시집에 관한 질문들, 그러니까 가족이나 미술적인 아이디어, 사회적이거나 사적인 시적 소재에 관한 질문이 있었으나, 사실 그것은 중요하지 않았다. 피날레는 역시나 다시 다음 시집에 관한 질문이었다.

이번에도 마찬가지로 나는 그저 눕고 싶었다. 내가 예전에 썼던 글을 읽으며, 노력했고, 잘했군, 스스로 칭찬하면서 좀 쉬고 싶었다. 하지만 다음 시집에 대해 나는 이야기해야만 했다. 다음 시집. 다음 시집……

그때도 불현듯 내 엉망진창 포토샵 시집에 관해 감상을 들려주었던 동료의 이야기가 떠올랐다. 동료는 내 시집을 훑어보더니 이렇게 말했다.

"말과 이미지뿐이네. 너는 이제 이야기가 들어가는 시는 안 쓰기로 한 거니?"

역시 분노는 나의 힘이다. 갑자기 그 말을 한 사람에게 보란 듯이 보여 주고 싶다는 마음이 치솟았다. 나는 또 내일의 나를 책임지지 못할 것이 분명하면서 이렇게 대답했다.

"각 단편의 이야기가 모여 한 권의 이야기로 읽히는 우화 같은 시집을 내고 싶어요."

그 후로 단 한 줄도 안 쓰고 우울증으로 누워 있는 내게 독자 선생님은 인스타그램 @poetsoho의 DM을 두드리시어 아래와 같이 물으셨다.

"작가님 우화 시는 잘 쓰고 계시는가요?"

그때도 나는 아니라고 답을 못 해서, 또 한 번 뱉은 대로 정말 우화 시집을 쓰기 위해서 그림 작가를 찾는 데 인맥을

동원했다. 오랜만에 전 세계에 걸쳐 있는 민화집을 읽었다. 역사를 지닌 우화와 나의 이야기가 달라야 한다면 포인트가 있어야 한다고 생각했다. 우화란 자고로 그림이 반드시 들어가야 하므로. 아직 시집에서 시도해 보지 못한 것. 멋진 일러스트를 '부' 대신 삽입하고 싶었다. 어렵게 연여인이라는 최고의 그림 작가를 섭외했고, 장시도 써서 호흡과 볼륨을 늘이는 연습을 했다. 연습을 하면서 생각했다. 시로 까맣게 까맣게 블랙아웃의 부분을 채우면서 생각했다. 아, 내가 그때 '비밀이에요!' 이런 식으로 웃어 넘겼다면 이런 작업은 불가능했겠구나.

모델 홍진경이 했던 말이 생각난다. 기자님들이 갑자기 본인을 주목해 주지 않는 것 같아서 프랑스로 유학하러 간다고 큰 거짓말을 쳐 놓고, 결국 그것을 수습하기 위해서 진짜로 프랑스로 홀홀 떠나 파리 모델계에 진출해 버린 그 전설적인 이야기가. 나와 뭐가 다를까. 지금까지 내 시집은 인터뷰의 구라를 수습하기 위해 고군분투한 역사적 산물이다. 한 권 한 권 어느 것 하나 진실에서 시작한 책이 없다. 전부 방금 이 침묵의 순간을 모면하기 위해 했던 거대한 거짓말이었을 뿐. 그리고 운이 좋게도 나는 그 거짓말을 수습해 진짜로 만들었다.

다행이다. 이번에도 들키지 않았다.

이쯤 되면 이제 네 번째 시집에 대한 질문도 주어졌으리라 예상하는 분들이 계실 텐데, 과연 내가 이번만큼은 비밀이라고 얼버무렸을까?

아니다. 나는 이번에도 얼버무리지 못하고, 심지어 두 가지 콘셉트의 시집을 이야기해 버렸다. 하나는 모노폴리처럼 외국에 사는 모든 사람에 대한 시를 쓰겠다고 했고, 그다음은 근미래의 환경과 포스트 아포칼립스에 관해 쓰고 싶다고 또 아무 말을 던졌다. 어느 것이 어느 출판사에서 먼저 나올지는 모르겠다. 아무튼 지금은 울면서 갑자기 전 세계에서 일어나는 온갖 사건의 다큐멘터리를 보면서 시를 쓰고 있다. 왜냐하면 얼마 전에 또 오랜만에 문학 행사에서 만난 독자가 "이방인 시리즈 시는 잘 쓰고 계세요?"라고 물었기 때문이다. 그리고 나는 가오가 있어서 한 줄도 안 써 놓고 "네."라고 대답했다.

실수는 어제의 내가 저지르고 수습은 오늘의 내가 한다. 이것이 바로 나의 진실이 된 구라 이야기다.

물론 이런 창작 방식이 싫은 건 아니다. 결과만 두고

본다면, 문득 생각난 아이디어를 한 권으로 완성할 수
있었으니, 얼마나 기특한 일인가. 물론 쓰는 동안은 하루에
몇 번이고 이소호는 언젠가 주둥아리로 망할 것이라고
생각했으면서도, 청사진이라도 이야기해 두어 다행이라
생각했다. 그 아무 생각 없었던 선언이 계속해서 나를
스스로 괴롭히고 노력하게 했다. 진짜 내가 하고 싶은 대로
시집 내고 '비밀이에요.' 하고, 아프다고 드러누웠으면 나의
주옥같은 시집의 콘셉트는 영원히 내 머릿속에서만 남아
있었겠지.

네 번째 시집 출간을 앞두고
침대에 누워 어린 나를 떠올린다.

초등학교 저학년 때였다. 어린 시절 나는 겁도 많고
고민도 많은 소심한 어린이였다. 소심했기 때문에, 학교에서
말을 아주 잘 듣는 학생이었다. 모나지도 않았고, 시키는
일을 수행하기에 아주 급급했다. 그러나 그렇게 유순해
보이는 모습 안에서는 이상한 갈등이 매 순간 일었다. 예를
들어 직업 체험 놀이를 할 때, 친구들이 당당하게 하고
싶은 것에 대해 손을 번쩍 들어 역할을 선점할 때 나는
전혀 관심도 없는, 최후까지 남겨진 과학자나 했다. 흥미가

없었기에 별자리를 보는 것도, 돋보기로 모래를 들여다보는 일도, 알코올램프도, 플라스크도 지루하기 짝이 없었다. 당시 흰 가운만 입은 채 우두커니 앉아만 있었던 나의 직업 체험은 너무나 인상적이어서, 나는 그 체험에서 훗날 받게 될 과학 시험 성적에 영향을 끼칠 정도의 분노만 배웠다. 나는 며칠 뒤 그 일을 엄마에게 말했다.

"엄마 나는 사실 과학자가 하고 싶지 않았어."

"그럼, 왜 손을 들고 아무 말도 하지 않았니?"

"부끄러워서."

"하고 싶지 않은 일을 억지로 하는 게 진짜 부끄러운 거야."

"그런데 나는 너무 떨려서 아무 말도 못 하겠는걸? 누가 나에 대해서 욕심이 많다고, 이상한 애라고, 따돌리거나 화내면 어떡해?"

"그건 그때 가서 생각해야지. 원하는 것이 있으면 저지르는 거야. 이건 엄마의 신념인데, 아무 말도 하지 않으면 아무 일도 일어나지 않아. 일단 저지르고 수습은 그다음. 그래야 인생에 재미있는 일이 많이 생겨."

지금 생각해 보면 아홉 살의 경진이는 이미 알고 있었던 것 같다. 사건을 저지르지 않으면 재미있는 일은 생기지

않는다는 것을. 선언하고 수습하자. 뻔뻔하게 살자. 공약을
어기고도 시장 상인들에게 악수하러 다니는 정치인처럼.
어차피 인간은 하루에 평균 세 번 이상 거짓말을 한다.
나의 다짐과 선언이 하루에 몇 번 하는 가벼운 거짓이 된다
해도, 생각해 보면 괜찮은 것 같다. 지금 당장은 그것이
거짓말일지라도, 내가 그것을 진짜로 만들 힘이 있다면,
그것은 아주 비밀스럽고 아름다운 예언이 된다.

　　비밀이라고 말하고 싶지 않다.
　　나는 지금 한 가지를 예언하고 싶다.
　　다음 시집은 나 없는 나의 이야기로, 정말 재미있을 거다.

'나'답게 나대기

➥ 근데 이소호 이후로 나타난 이소호 2, 3, 4는 하나같이 실험시만 쓰더라.

고백하자면 나는 내 이름을 가끔 검색해 본다. 길티 플래저 같은 것인데, 너무 많이 상처받을까 봐 두려워, 개인 SNS에 로그인하지 않는 것과는 굉장히 상반된 이야기다. 집순이에 취미라고는 딱히 말할 것이 없고, 알고리즘이 바닥날 때까지 유튜브를 돌려 보고 돌려 보다가, 최고치의 도파민을 마주하기가 각오돼 있을 때에야 해 보는 일이다. 왜냐하면 나도 악플에 상처받는 한 마리의 연약한 짐승에 불과하기 때문이다.

그런데 앞서 언급한 저 '이소호 2, 3, 4'에 대한 말은 나를 발작하게 만들었다. 왜냐하면 나도 누군가의 2, 3, 4로 끊임없이 소환되었던 기억이 있기 때문이다.

한창 대학원에 다니던 시절이었을 거다. 회사를 다니다 그만두고 대학원에 다시 갔기 때문에 나는 수업에 더할 나위 없이 성실히 임했다. 그중에서도 내가 가장 좋아한 수업은 다름 아닌 합평 수업이었다. 대학원의 합평 수업이라고 사실 다를 것은 하나도 없다. 학부를 각각 다른 곳에서 거친 사람들이 많았고, 등단한 작가가 사이사이 끼어 있는 것 말고는 여느 합평 모임과 다르지 않았다.

그때의 나는 한창 '나'다운 시 쓰기에 골몰하고 있었다. 그러던 어느 날, 학부 강의를 나왔던 좋아하는 평론가에게 내 시를 보여 주었고, 그는 내 시를 읽은 뒤 여러 시인의 이름을 언급했다. 그러면서 이야기했다.

"하지만 이미 그 시인이 있잖아요. 경진 씨는 경진 씨만의 목소리를 내야죠."

그때는 인정받지 못한 것 같고 내 시가 전부 누군가의 카피 같아서 수치심에 서럽게 '집에 가서' 울었다.

하지만 울고 나서 본 내 글은 어딘가 좀 이상했다. 내가 평소에 이렇게 말을 쓰던가? 이런 단어를 쓰던가? 내가 시라는 장르를 의식해서 이 단어를 쓰고 이런 말투로 이야기하고 있지는 않은가? 내 것은 그럼 진짜 무엇이지?
원망의 시간을 거치고, 나는 집에 있는 모든 시를 골라냈다.
골라내고 나니 나다운 것이 하나도 없었다.

이렇게 자기반성을 할 충격을 주다니. 그분은 내 문학
인생에 찾아온 귀인임이 틀림없었고, 나는 그 귀인의 말씀을
아로새기며, 모든 것을 무너트리고 다시 처음부터 쓰게
되었다.

내가 가장 '나'답기 위해서 도움이 된 것은, 내가 친구들과
통화하며 말하는 말투였고, 메시지창의 텍스트들이었다.
아주 어릴 때부터 '너는 말을 참 재미있게 하는구나.'라는
말을 많이 들었기 때문에, 나의 장점은 그럼 문어체보다는
구어체에 있겠구나, 그걸로 시를 써 보자, 이렇게 생각하며
새로 시를 써 갔다. 아니 시보다는 글에 가까운 문장을 적어
내려갔고, 그것은 보다 직접적이고 센 말이 되어 있었다.

그때의 나는 분노하고 있었다. 내가 대학원 3학기이던
2014년도에는 국가적으로 세월호 대참사가 있었다. 그리고
개인적으로는 술을 마실 때 젊고 예쁜 후배를 불러오라는
부름에 자주 소환되기도 했다. 여자가 따라 주는 술이
맛있다는 둥, 그 당시 사귀고 있던 애인과의 성관계에 대해
묻는 둥, 무례하게 구는 것도 잊지 않았다. 그럼에도 나는
'예민한' 사람으로 낙인찍힐 것이 두려워 아무것도 하지

않았다. 국가는 참사에도 침묵했고, 개인적인 고난과 수치는 여성이 예술을 한다면 당연히 받아들여야 한다고 생각했다. 어쩌면 나는 단순히 나에게 닥치는 이 고난의 원인을 알고 싶었던 것인지도 모르겠다. 여성을 공부하니 LGBT에 관심이 생겼고 또 그러다 보니 사회에 만연한 숱한 혐오에 대해 고민을 하고 또 할 수밖에 없었다. 나라가, 여성이, 사회적으로 집단 트라우마를 겪는 이 시점에서 나는 내가 쓸 수 있는 시를 썼다. 시집에는 영원히 안 싣고 발표도 안 할 거지만 이 지점에서 그 당시 '개혹평'받았던 시를 공개해 보겠다.

십팔금

그해 뒷마당에는 어떤 총각이 살았다 뚜껑을 열기만 손 꼽아 기다렸는데 그새 총각은 쉬어 꼬부라져 그만, 반하지 않을 수밖에 없었다 독 안에서 담배로 도넛을 만들던 총각, 손톱에 낀 때를 오독오독 씹어 먹던 총각, 누런 이를 드러 내던 아아 나의 미소 천사 총각. 처음이 뭐길래 이토록 더 럽게 아련할까? 나는 다시 경건한 마음으로 뚜껑을 열고, 숙성될 때까지 기다리고 기다리다 다시, 고백했다 배 가르

고 젓갈을 팍팍 뿌리고 나는, 총각의 머리채 움켜잡고 흰
접시 가득 덜어 냈다 핏물을 뚝뚝 흘리며 곱게 누운 총각.
손을 쭉 뻗어 내 치마에 아이스케키 외치고 팬티 안으로 안
으로 불쑥 알타리무를 꽂았더랬다 시팔, 금 넘으려다 나까
지 빨갛게 달아올랐다 이 사이 고춧가루, 이와 이 사이 혓
바닥! 나는 반성하기 위해 펄펄 끓는 물에 허벅지 담가 놓
고 젓가락으로 푹푹 찔러 본다 도마 위에 허벅지 한 조각 먹
기 좋게 썰어 놓고 매일 반성하러 돌아, 간다 겨우내 장독
속에는 내가 파묻은 첫 총각이 살았다 작년에 왔던 그 총각
죽지도 않고 또

　잘 쓰지도 못했다는 기분이 먼저 든다는 점에서 이미
시적 실패가 예견된 시이지만, 혓바닥으로 변명을 길게
늘어놓고자 한다. 매번 수업에서 학생들에게 설명이 길면
실패한 시라고 말하는데, 어차피 앞서 실패했으므로, 실패의
실패는 더 이상 실패가 아니므로, 다시 길게 적는다. 읽다
보면 이건 무슨 기이한 이야기인가 김치에 버무린 성적인
이야기인가 싶겠지만 말이다.
　팔자에도 없는 연구 논문 자료를 여러 편 보기 시작하던
시절이었다. 일단 연구 대상이 되려면 죽고, 작품 활동을
오래 해야 했는데, 그런 작가는 존재하지 않았다. 굳이 꼽아

보자면 대표적으로 나혜석을 들 수 있는데, 나혜석은 시는 조금 쓰고, 재능이 넘친 나머지 나머지 활동을 더 많이 한 덕에 연구 대상이 될 수 없었다.

나는 글 쓰는 여성과 여성 문학가에 대한 평가가 남성에 비해 현저하게 적다는 점이 불편했다. 그리고 눈이 썩을 것 같은, 어머니에 관련한 이상 숭배와 처녀에 대한 동경도 모자라 젖무덤과 멍울진 가슴에 대한 내용이 실컷 논의되는 것을 보고, '가져 보지도 못한 것들이 뭐래는 거야. 알아들을 수 있게 세게 말해야겠다. 아 세게 말해야 알아듣는구나.' 싶었다. 「십팔금」은 그런 두 감각을 갖고 고심의 고심 끝에 적은 시다. 아 물론 바로 이 직전에 합평한 시는 『캣콜링』 시집에 있는 「망상해수욕장」이니 말은 다 했다. '망상'해수욕장의 쓸쓸한 풍경과 사랑하는 사람의 상실을 오로지 감각으로만 재구성하여 적은 시 말이다. 그렇게 촉촉한 시를 쓰다가 다른 사람이 되어 처음 쓴 시가 「십팔금」이었으니, 학우들은 물론 교수님까지 놀랐던 기억이 난다. 하지만 합평을 받고 나서 들은 이야기는 조금 황당했다. 못 썼다는 것의 문제가 아니라, '나'는 드디어 '나'의 목소리를 찾았는데, 원래도 쌍욕하고 인생이 안 풀리면 침도 뱉고 사는 사람인데, 그런 나를 그대로 썼는데, 모 선배가 나에게 이렇게 말한 것이다.

"최승자 시인이 생각나요. 김언희 시인도 생각나고,
김민정 시인도 생각나요."

아니 누가 합평해 달라고 했지. 내가 사랑하는 슬픔의
계보학을 말해 달라 했냐고.

"저는 제가 다르다고 생각하는데요?"

그렇게 대꾸하자 더 많은 여성 시인들의 이름이 거론되며
내 이야기는 묵살되었다.

이 시는 그렇게 사장되었다. 하지만 거기에서 멈췄다면
내 시 세계는 구축되지 않았을 것이다. 문예창작과의 혹평
맷집은 그냥 생겨난 것이 아니다. 나는 대뜸 대꾸해 버렸듯,
내가, 내 시가 분명히 다를 거라고 생각했다.

등단한 후에도 이런 무례한 일은 계속해서 일어났다.
실험시를 쓰면 이상이라고 했고, 여성에 대해 서사적으로
묘사시를 쓰면 김혜순 시인이라고 했고, 자기를 파괴하면
최승자 시인이라고도 하고, 거기다 욕도 보태면 김언희
시인이라고 했다. 가끔 리드미컬하게 쓰면 이제니
시인이라고 했고, 내 안의 정서를 적으면 김행숙 시인이라고
하다가 가족에 대해 말하면 김민정 시인이라고 했다. 닮고
싶고 안고 죽으라면 안고 죽을 만큼 너무나 사랑하는
시인들의 이름이 내가 쓴 시 앞에 붙는다는 것은 참 감사한

일이었다. 아니 영광이었다. 그러나 문제는 내가 그들을 따라가려고 한 게 아니라 지금까지 살며 겪어 온 '이소호'의 글을 썼다는 것이었다.

이제 질문을 바꾸어 보고 싶다.

어째서 내가 닮은 것은 모두 여성 시인일까.

내가 여성 시인에게서만 배운 것은 아닐 텐데.

남성 시인들의 경우에는 왜 너는 황지우를 닮았어, 이성복을 닮았어, 너의 시는 기형도를 박상순을 최승호를 닮았어, 이런 말을 주고받는 장면을 좀처럼 마주칠 수 없던 걸까?

내가 겪은 아주 작은 데이터로 일반화하는 것 같기는 하지만,

나는 단 한 번도 마주한 적이 없다.

그게 과연 그들이 나보다 더 독립적 주체이고 독창적이어서일까?

왜 그들이 쓰면 현 시대의 첨단의 문학인 양 쉽게 묶어 주고 호명하면서 왜 여자는 선배의 이름 없이는 혼자 일어설 수 없다고 생각하는지 알 수 없다. 여성도 같은 사회를, 같은 시대를 살아가고 있다. 다만 조금 더 불편하다. 그러므로 끈질기게 나의 이야기로 연대하며 버티고 있는 것뿐이다.

누군가 함부로 호명한 '이소호 2, 3, 4'는 없다. 이소호 I이 공식 해체를 요청한다. 우리는 같은 시대와 이데올로기, 같은 도덕적 관념을 감각하며, 같은 지점에서 슬픔을 느끼고, 같은 지점에서 웃을 수 있기 때문에, 그러니까 우리는 우리라는 이름으로 묶여 함께 서로에게 지대한 영향을 받았기 때문에, 우리는 강남역 살인 사건부터 시작한 페미니즘 리부트와, 사람을 사랑하고도 생존을 걱정해야 하는 비극적인 이 시대를 살아가고 있기 때문에 당연히 비슷한 언어를 획득하게 된 것이다.

아니 나라가 망했을 때 쓴 시들은
서로 비슷하다고 말도 안 꺼내면서
왜 우리한테만 난리야?

그렇다고 해서 내가 이소호 2, 3, 4를 못 본 것은 절대로 아니다. 그들을 만나고, 나 역시 "당신은 이소호 2 같아요."라고 말한 적이 있다. 무례나 결례를 범하려고 말한 것은 절대로 아니다. 고백하건대, "너 왜 나 따라 해?" 이런 의미로 이야기한 것이 결코 아니라는 것이다. 나는 그때 내가 만났던 귀인이 품었을 마음을 먹고 수업에 임하며 시를 읽고 의견을 건넸다. 그런 의미에서 수업은 내가 가르치면서도 오히려 배울 때가 참 많다.

　더불어 수업을 하다 보면 신기하게도 비슷한 어법으로
시를 써 오는 학생들이 정말 많다는 사실을 말하고 싶다.
그런데 학생들은 그것을 내가 이야기해 주기 전까지
알아채지 못한다.

　"당신은 '심장'이라는 단어를 너무 많이 써요."

　이렇게 말하기도 한다. 물론 단어를 많이 쓰는 것은
문제가 안 된다. 나도 『캣콜링』에서 '언니'만 50번 넘게 썼기
때문에…… 문제는 그게 아니다. 다채롭게 다양하게 '심장'을
쓰지 않아서다. 요즘에는 어떤 시인의 작품이 유행인지
수업을 해 보면 금방 알 수 있다. 대부분 그해 등단작들이나
1~2년차 신인 시인들과 비슷한 느낌으로 적어 오기
때문이다. 물론 나처럼 써 온 친구도 있다.

　예술에는 파토스가 있지 않은가? 텍스트 너머의 사람이
영혼을 갈아 넣은 대상이 무엇인지, 육감으로 우리는 바로
포착할 수 있지 않은가? 수업에서 나의 역할은 그런 감각적
차원에서의 어색함을 짚어 주는 일이다. 예를 든다면 혼이
담기지 않은 구라와, 꾸며낸 유머와, 분노가 담기지 않은
욕설 같은 것들. 시인이라면 자신에게 맞는 어법이 무엇인지
스스로 찾아내야 하는 것이다. 그래서 나는 학생들에게 꼭
이렇게 말한다.

"절대로 필사로 시를 배우지 마세요. 필사를 하면 다른 사람의 문장이 꼭 자기 문장처럼 되어 버려요."

그리고 한 가지 더 당부한다.

"어느 문예지에 내가 통할까, 내가 신춘문예 스타일인가, 생각하지 마세요. 그냥 최선을 다해서 자신의 이야기를 하는 사람을 뽑아요. 취향? 있죠, 하지만 어떤 심사위원이라도 극단의 좋은 시는 무조건 선택하게 되어 있어요."

물론 학생들은 믿지 못하는 눈치였다. 내가 처음에 그랬듯이.

이걸 어떻게 다 아느냐고?

나도 믿지 못했던 이야기였으니까.

요즘 유명한 시인의 이야기 등 남의 목소리를 듣느라 자기 목소리를 듣는 일을 소홀히 한다면 그것만큼 시간 낭비가 없다고 생각한다. 나 역시 그렇게 2년의 허송세월을 보냈다.

그중에서도 진정으로 방황하던 시기를 콕 집으라면 투고작들을 입시처럼 공부하던 시절이었다. 입시처럼 때에 맞게 시를 썼고,(생산했다는 말이 맞겠다.) 특정한 포맷이 갖추어져야 완성도 있는 시가 된다고 굉장한 착각을 했었다. 정말 쓸데없는 일인데, 당시 최근 등단한 시인들의 시를 보고 비교 분석까지 하며, "나는 XX 문예지 스타일인 거 같은데 거기서 이번에 뽑아 줄까?" 부푼 기대감을 가지며 살기도 했다. 근데 막상 돌아보니 그때 썼던 시 중에 살아남은 것이 단 하나도 없다. 가끔은 써 둔 시가 궁할 때 발표를 하기도 했는데, 아무도 그 시는 좋다고 안 한다. 그래서 이 한 몸 불살라 꼰대같이 말하건대, 그렇게는 절대로 '나'의 목소리가 담긴 시를 쓸 수 없다. 더불어 다른 사람들과는 다른 시를 쓰겠다고 분석하는 것도 그만두라고 말하고 싶다. 나의 경우에는, 누군가를 닮았다는 이야기를 자주 들었을 때, 이래도 저래도 누구를 닮았다 하니 결국 도망갈 구멍이 없어 정면 돌파 말고는 방법이 없다는 것을 깨달았다. 덕분에 등단 후에도 누군가를 따라 쓴다는 오명을 뒤집어쓰기도 했지만, 지금은 어떤가, 역설적으로 이소호 2, 3, 4가 있다는 말을 듣는 이소호 1이 되었다.

이소호 1은 이야기하고 싶다. 내가 지금까지 한 이야기도 다 개무시했으면 좋겠다. 당신의 목소리가 이끄는 대로 쓰길 바란다. 혹시나 내 수업을 들었을, 그동안 누구랑 비슷하다는 이야기를 들은 수강생이 있다면 다시 한번 이 부분을 되짚어 보길 바란다. 무시하고, 가던 길 가라. 내 이야기도 무시해라. 속설에 수업에 잘 안 나오는 문창과 학생은 일찍 등단했기 때문이라는 이야기가 있다. 말을 더럽게 안 듣고 지 갈길 가다

등단했다는 농담이다. 그 농담은 어느 부분에서는 진실이다. 그러니까. 문학을 향해 뚜벅뚜벅 걷는 이여. 뒤돌아보지 않고 묵묵히 걷다 보면 어느새 가장 앞장선다고 하더라. 시는 그런 거 같다.

에드거 앨런 포 스트리트에는 에드거 앨런 포 카페가 없다

뉴욕에는 사람의 이름을 딴 길이나 지명이 많다. 대부분 무언가를 기리기 위함으로, 널리 알려진 역사적 인물의 이름을 딴 곳들이다. 특히 뉴욕에는 문학가의 이름을 딴 장소가 곳곳에 널려 있다. 그중 내가 진정 좋아하던 곳은 우울의 극단에 서 있는 작가, 한국에는 「애너벨 리」로 유명한 문학 작가의 이름이 붙은, 에드거 앨런 포 스트리트였다.

처음에는 에드거 앨런 포의 집이 우리 집 근처에 있는 줄 몰랐다. 음악을 하던 친구가 너희 집 근처에 있는 에드거 앨런 포의 카페에서 만나자고 했을 때, 그 카페는 어디 있어? 물었더니 그 친구는 내게 어디긴 어디야, 에드거 앨런 포 스트리트에 있지, 그렇게 말했다.

약속 시간은 오후 4시였다.

카페로 들어가던 첫 순간을 나는 선명하게 기억한다.

블루지한 재즈가 끊임없이 흘러나오고 낮이지만 볕이 전혀 들어오지 않아 어둡고, 침침하고 그저 그런 커피 맛에 엉성한 메뉴 구성. 고를 것이라고는 아메리카노와 초코케이크뿐인 그곳에서 누군가 엉망으로 그린 에드거의 초상이 우리를 내려다보고 있었다.

카페에 앉은 지 얼마 되지 않았을 때 점원이 내게 말을 걸어왔다.

"당신은 뉴요커입니까?"

나는 잠시 머뭇거리다가,

"아뇨. 전 잠시 지내는 것뿐이에요."

이라고 답했다.

그리고 나는 다시 물었다.

"왜 물어보시나요?"

그러자 그녀가 답했다.

"뉴욕에서는, 당신의 가방이 위험해 보여요. 누가 훔쳐갈 수도 있고요."

"우리 뿐인데요, 뭐. 걱정해 주셔서 감사합니다."

아주 짧은 대화였지만 나는 처음으로 고민했다.

그러게, 내가 뉴요커는 아니지, 아주 잠시 이곳에 살다 가는 사람이지.

그렇게 말하면서 뉴욕에서 지내던 시절의 나의 정체성에 대해 비로소 생각하게 되었다. 아니, 사실 몇 번이나 생각했었다. 뉴요커(New Yorker)의 뒤에 붙듯 'er'을 붙이려면 많은 것들이 필요하다. 이곳에서 태어나거나, 이곳에서 살면서 모든 것이 새롭지 않아야 했다. 앞선 조건들을 이루려면 자금과 언어가 필요했다. 자고로 예술가가 되려면 뉴욕에서 한 번쯤은 살아 봐야 한다던, 예술을 전공했던 엄마의 뜻에 따라, 빚더미에도 쫓겨나듯 뉴욕으로 어학연수를 하러 왔지만…… 우리 집이 부자였다면, 내가 차라리 유학생이었으면, 공부를 잘해서 이곳의 학교에 다니는 대학생이었다면, 나는 모든 사람들과 시한부 우정을 나누지 않아도 될 텐데, 영어를 잘하면 일을 구할 수 있을 텐데, 그럼 더 많은 기회를 얻을 수 있었겠지. 그런 생각을 했었다. 그리고 그 생각들은 누구에게도 털어놓을 수 없으므로 일기장이 매일같이 빼곡해졌다.

비밀 같지도 않은 비밀은 비밀이 되었다.

단지 한국어로 쓰인 글이라는 이유로.

나만 알아볼 수 있는 한국어 일기는 모두 에드거 카페에서 쓰였다.

시차가 있으므로, 말이 통하지 않았으므로, 친구에게 국제전화 카드를 사서 전화를 걸기 전까지 시간을 조금이라도 아끼기 위해 할 말을 정리했다. 본 것 느낀 것 배운 것을 적고, 오늘 배운 단어에 이야기를 부여했다. 그 이야기는 부끄러움이나 낯선 일로부터 기인한 것이었으므로 영영 잊히지 않았다. 수치로 언어를 배웠다. 엄마는 수치를 당하면 당할수록 내가 더 영어를 빨리 배울 것이라고 다그쳤다. 그러나 나는 부끄러웠다. 모르는 단어를 하나하나 건져 올려서 잘못하지도 않은 일들에 늘 사과해야만 했다. 어쩌면 일기는 반성문이 되기도 했다. 오늘은 어떤 백인 아줌마에게 어깨를 치이며 빨리 좀 걸으라고, 뉴욕은 바쁜 사람들이 모여 사는 곳이므로 너처럼 느리게 걸으면 욕이나 먹을 거라며 빨리 걸어야 한다는 호통 같은 조언을 들었다고, 그렇게 쓰기도 했다. 어떤 날은 내일은 볼펜 한 자루를 사러 지하철을 탈 수밖에 없다고 썼다. 제대로 나오는 볼펜 한 자루는 꽤 비쌌고, 미드타운 쪽에서 봐 둔 미술용품점에 가겠다거나, 재패니즈 타운의 슈퍼에 갈 계획이라는 일기를 쓰기도 했다. 쌀은 늘 20킬로그램을 사야만 손해 보지 않는다는 말도, 지하철역까지 가는 고작 몇 개의 스트리트에서 얼마나 많은 위험이 도사리고 있는지 적고, 한참 걷고 걷다 보면 뉴욕의 평창동, 그러니까 부자 중의 부자들만 산다는 어퍼웨스트사이드에 자주 놀러 갔다고 또 적었다. 건강한 먹거리를 사려면 한참을 걸어서 '오가닉'이라고 적힌 가게를 골라 들어가야 하며, 오가닉은 1~2달러 정도 더 비싸다는 사소한 이야기들이 일기장 페이지마다 빼곡했다. 그렇게 구입한 음식에 일용할 양식 베이글까지 이것저것 한 아름 이고 지고 집으로 돌아와서는 매일 꼬박꼬박 요리를 해 먹었다. 외식보다는 격식이 필요했다. 사실 격식보다는 돈이 필요했다. 여러 방면으로 그게 훨씬 쌌다. 외식에는 팁에 텍스까지 붙으므로. 절대로 메뉴판의 가격을 믿어서는 안 된다. 그것이 뉴욕이다.

그렇게 그 시절의 일기는 음울한 시인의 마음으로 쓰였다.

집으로 돌아오면 나와는 이렇다 할 공통점도 없고 평생 관심도 없던 미국인 시인이 궁금해지기도 했다. 작은 서점들에서 우연히 발견한 이름에 대해 골몰할 때도 있었지만 대부분은 에드거 앨런 포에 대해 찾아보며 저녁 시간을 보냈다. 찾아보면 찾아볼수록 그가 괴이한 삶을 살았음을 알 수 있었다. 태어난 곳도 뉴욕이 아니었고 죽은

2012년 2월 우연히 찍어 둔 에드거 엘런 포 카페 폐점 기념 사진

곳도 뉴욕이 아니었다. 그는 뉴욕에서 아주 잠시 살았고,
살면서 가난했고, 일을 벌였으나 망했고, 유명하지 않았고,
그럼에도 포기할 줄 몰라 파산도 자주 했다. 자주 사랑했고,
자주 이별했고, 자주 고독했다. 자주 아팠다. 이 격자무늬
거리를 걸으며 그는 무슨 생각을 했을까. 그 거리에 자신의
이름이 붙을 거라고는 조금도 생각하지 못했겠지. 자신의
이름을 단 카페를 찾아와 문학을 공부하는 한 동양인이
이렇게 커피를 마시며 매일 일기를 쓸 거라고 전혀 예상하지
못하고 죽었겠지.

　　나는 죽은 그가 가여운 마음이 들어, 이상하게 위로하고
싶은 마음이 들어, 그 카페로 가서 글을 적었다. 일기를.
나는 카페에서 작업하는 일이 드물었지만, 이상하게도 거기
가면 무언가 남기고 싶었다. 한국으로 돌아가는 마지막
날 비행기를 타기 직전까지 코트를 여며 입고 카페로
가서 두서없는 글을 썼다. 마지막이었기에 더 두서없이
썼다. 감정이 앞섰으므로 거기에서 쓴 글은 결국 하나의
단편에 지나지 않았다. 감정의 단편들. 서사나 문단을 나눌
줄도 모르고 그냥, 아무렇게나 쓴 글에 불과했다. 당장 이
비행기를 타고 한국에 도착하면 뭘 해야 할지 막막했고, 그
사실이 나를 힘들게 했다. 그래서 그동안 간단한 인사만
주고받던 에드거 카페 점원에게 알리고 싶었던 것 같다.

그녀에게 오늘이 나의 마지막 날이라고 이야기했다.
점원은 이제는 오지 않는 거냐고 물었고, 그럼 언제 돌아올
계획이냐고 물었다. 그녀는 내가 방학이 지나면 다시 돌아올
줄 알았던 것 같다. 그래서 나는 그렇게 대답했다.

처음처럼.

"모르겠어요. 전 뉴요커가 아니라서요."

"진, 우린 모두 그냥 뉴욕에서 지내는 사람이에요. 그렇게
말하지 말아요. 또 볼 수 있으면 좋겠네요."

"저도요."

약속은 생각보다 일찍 지켜졌다. 남미 여행을 마치고
돌아오는 길에 뉴욕에 잠깐 들르게 된 것이다. 나는 2년
만에 뉴욕에 갔고, 숙소는 카페 에드거 지척에 있는 곳으로
잡았다. 그렇지만 나는 많은 것을 바라지는 않았다. 나를
오랫동안 바라보았던 점원을 다시 만날 기대까지는 하지
않았다. 가장 좋아하는 카페에 동생을 데려가고 싶다는
마음뿐이었다.

다음 날 아침, 눈을 뜨자마자 동생을 데리고 카페
에드거로 향했다. 그러나 문은 굳게 닫혀 있었다.

다음 날도 그다음 날도 문은 굳게 닫혀 있었다. 뉴욕에
머무는 2주일간 그랬다.

아쉬운 대로 간판 사진을 찍었고 나는 실망을 감추지 못한 채 한국으로 돌아왔다.

2014년 겨울. 나는 다시 에드거 앨런 포 스트리트에 갔다. 이번에는 조금 달랐다. 내가 작가가 된 다음의 방문이었기 때문이다. 더는 문학을 할지 말지 꿈을 꾸는 사람이 아니라, 직업으로서의 문학인이 된 다음이었다. 에드거 앨런 포처럼 시인이었고, 닥치는 대로 일하며 생계를 글로 꾸리고 있는 나는 '시인'인 동시에 무엇이 되어 있었다.

그런데 카페 에드거는 사라지고 그 자리에는 부촌 특유의 번쩍이는 미용실 하나만 덩그러니 남아 있었다. 에드거 없는 에드거 앨런 포 스트리트라니 이게 말이 되나?

나는 용기를 내서 미용실로 들어가 물었다.

"실례합니다. 여기 있던 에드거 카페는 어디 있나요?"

"모르겠어요. 아마 암스테르담 거리로 옮겨 갔을지도요. 검색해 보는 게 낫겠네요."

불행인지 다행인지 에드거 앨런 포 카페는 망하지 않았다. 조금 먼 곳으로 떠났을 뿐.

카페는 현재 뉴욕의 온갖 맛집이 몰려 있는 암스테르담 에비뉴의 91, 92번 스트리트 사이에 있다. 빛이 잘 드는 곳이었다. 손님도 훨씬 많고 북적였다. 나는 원래의 루틴처럼 초코케이크와 커피를 주문했고 종이를 펼쳤다. 박지혜 시인의 시집 『햇빛』도 펼쳤다. 외국에서 모국어를 읽고 쓰는 일은 기쁘다. 그러나 이토록 아름다운 빛이 드는 에드거에서는 아무것도 집중할 수 없었다.

우울을 동경하거나 우울을 원하는 것은 아니었다. 다만 몇 년 전보다는 빛을 보게 된 나처럼, 어둠을 떠난 에드거 앨런 포의 카페는 가장 중요한 분위기를 잃었다.

벽 쪽에 붙어 앉았는데도, 한 시간도 앉아 있지 못했다. 결국에 나는 점원에게 계산을 청하며 물었다. 모든 게 괜찮았냐고 물어보는 점원의 밝은 미소에, 왜 이사했냐고 물었고, 그들은 아주 단순하게 대답했다.

젠트리피케이션 때문이라고.

카페 에드거 없는 에드거 앨런 포 스트릿.

경진이 없는 경진이네.

이상해. 우리는 예전부터 닮은 게 참 많지.

뉴욕은 잠시 들렀다 가는 곳에 불과한데, 에드거나 나나 우리는 뉴욕에 대해서 끊임없이 이야기하고 있고 우리는 떠밀려서 어쩔 수 없이 이곳에 왔지. 선택이었을까. 선택할 수밖에 없었던 것일까.

나는 거기서 마지막이 될 일기를 아주 짧게 썼다.

　　원래 에드거 앨런 포 스트리트는 따로 있다. 웨스트엔드 에비뉴와 웨스트 84가. 카페는 원래 거기 있었다. 개명을 하고 나니 이제는 아무도 나에게 Jin이라고 부르지 않는다. Soho. 이렇게 부른다. 그가 잃어버린 스트리트를 나는 이름을 바꾸는 것으로 손 쉽게 갖게 되었다.

　　하지만 가끔은 의심한다. 필명을 쓰는 대신 아예 개명해 버린 것이 아직도 잘한 일인지 모르겠다.

그리고 일기 말미에는 이렇게 적었다.

　　더는 뉴욕에 와도 나는 이 카페에 오지 않을 것 같다. 다시 뉴욕에 온다 해도 과연 내가 이 카페에서 다시 책을 펼칠 일이 있을까?

그리고 그 다짐처럼 몇 년 뒤 뉴욕에 한 달이나 머물다 갔지만 카페 에드거에는 단 한 번도 가지 않았다.

　　분명히 손님도 더 많아지고, 나 역시 쓰면 읽는 독자가 생겨 작가가 되었는데, 그러니까 우리는 더 나은 삶을 살게 되었는데, 울고 싶은 것은 왜일까.

이름을 바꾸고 장소를 옮기고 모든 걸 바꾼다고 해도, 변하지 않는 진정한 '나'는 숨긴다고 해도 숨겨지지 않는다는 것을 더 절감하고 왔기 때문인지도 모르겠다. 그리고 어쩌면 그 빛은 내가 숨긴 어둠의 반발이기 때문일지도 모른다고, 나는 마지막 커피를 마시며 그렇게 생각했다.

가졌던 것들이 자꾸만 사라진다

나의 장바구니에는 슬픈 역사가 있다. 물건들이 얼마간 얌전히 담겨 있는가 싶으면 이내 단종을 면치 못한다는 것이다. 나는 왜 단종되는 것을 좋아할까. 이 글을 쓰며 골몰해 본다.

일단 이것부터 확실히 하고 싶다. '단종'은 엄연히 '한정 수량'과 구분되는 것이다. 한정 수량은 프리미엄 가격을 얹어서 되팔 수도 있다. 그리고 그 물건을 소유하게 된 것만으로도 많은 사람들의 칭찬을 받는다!

야! 네가 그걸 쟁취했구나.

말 그대로 쟁취한 사람이 되는 것이다.

그러나 단종은 다르다. 사고도 욕을 얻어먹는 것이다. 되팔 수도 없는 것이, 단종 상품은 말 그대로 하자가 있거나,

사람들이 더는 찾지 않아서 사려면 큰 결심이 필요했던, 제값이 똥값이 되는 상품을 일컫는다.

나는 그리고 그 똥값이 되는 것들만 기가 막히게 좋아한다. 왜일까. 특이한 것만 골라 집어서일까? 아니다. 내 취향은 결코 유별나지 않다. 다만 나는 사고 싶은 것을 참는 방법을 모르기 때문에, 지금이 아니면 안 되기 때문에, 큰 고민 없이 구매로 직행하고, 결국 단종이라는 비극을 맞이하고 마는 것이다.

지금부터 조금만 인내했으면 (그래서 사지 않는 선택을 했더라면) 오래오래 행복했을 나의 물건들에 대해 이야기를 해 보자.

내 물건 중에서 최초로 단종된 물건은 소니 디지털 카메라다. 일명 똑딱이로 불리는 것이었는데 똑딱이 중 최초로 화면 터치가 되는 카메라였다. 상품 앞에 '최초'가 붙는 것은 첨단을 달리고 있다는 뜻을 내포하기도 하지만 상품에 내재된 문제점이 무엇인지 가늠할 수조차 없다는 뜻이기도 하다.

나의 터치형 소니 디지털 카메라는 가끔 터치가 되지 않았을 뿐만 아니라('터치형'인데!) 때때로 속도가 급격히

느려졌다. 사진을 찍고 다른 기능을 이용하기 위해
조작하려면 굉장히 많은 시간이 들었다.

이 카메라는 뭔가 문제가 있어.

만지면서도 그런 생각을 멈출 수 없었다. 손떨림
방지는커녕 가끔 카메라 전체가 미친 듯이 흔들리기도
했는데, 어느 정도였냐면 휴대폰 진동이 온 줄 알고 전화를
받으려고 한 적이 있을 정도였다. 초점을 잡지 못하고
흔들흔들대는 세상에 아무리 손을 가져다 대도 나는 사진을
찍을 수 없었다.

소니도 문제점을 곧장 깨달았는지 6개월 만에 첫 번째
터치 카메라는 사라지고 만다. 화면이 사정없이 흔들리는
문제를 해결하기 위해 서비스 센터에 가니 직원은 내게
바로 다음 모델이 나왔다고 귀띔해 주었다. 나는 아 내가 또
망작을 샀구나 싶어 슬펐다. 망작은 되팔 수도 없어 더욱
슬펐다. 모두가 망작인 것을 아는 제품을 누가 사겠는가.
그래서 나는 그 카메라를 고치고 고쳐서 여행을 다녔고
그렇게 6개국을 함께했다. 그 후, 그 카메라와는 깨끗하게
이별했다. 그렇게 그 카메라는 자신의 운명을 예감이라도 한
듯 신형 카메라와 함께 세컨드 카메라로 떠난 남미 여행에서
볼리비아 소매치기의 손으로 넘어가 영영 이별하게 되었다.

나의 단종 목록 두 번째 물품은 우습게도 아이패드다.
'뉴 아이패드'라 불렸던 제품으로, 누군가는 잡스가
마지막으로 만들고 떠난 아이패드라고 했다. 최초의
레티나 디스플레이를 장착한 아이패드였고, 그래서 조금
더 선명하고 아름다운 화면으로 영상을 볼 수 있다고 했다.
엄마에게는 언제 어디서나 글을 쓰고 읽을 수 있으니 꼭
사야겠다고 떼를 부렸지만, 사실 나는 그저 '뉴' 아이패드가
너무 갖고 싶었다. 애플은 그 아이패드를 일컬어 혁명이라고
말했다. 분명 기억한다. 그러나 어김없이 혁명에는 고난이
있기 마련이다. 반전은 시작된다.

뉴 아이패드는 새로운 방식으로 지금 전설이 되어 있다.
최초로 레티나를 넣어서가 아니다. 6개월 만에 애플이
단종시킨 최초의 제품이 되었기 때문이다. 그래, 그것에는
아이패드와 토사구팽을 합친 멸칭, 일명 토사구패드라는
별명이 붙었다. 비극적인 건, 그 토사구패드를 산 게 나라는
사실이다. 생각할수록 분했다. 내 주변에는 내 추천으로
토사구패드를 산 친구들이 무려 세 명이나 되었다. 나는
고개를 들고 다닐 수가 없었다.

"미안해."

"아니야…… 나 잘 쓰고 있어."

이런 말을 하면서 우리는 서로를 위로했다. 지금도 새로운

아이패드가 출시될 때마다 테크 유튜버들은 설명한다.

"여러분 토사구패드가 될까 봐 걱정되시죠?"

나의 뉴 아이패드는 이렇게 매년 애플의 신제품 출시 때마다 조롱을 면치 못하고 있다.

하지만 내가 진짜 하고 싶은 이야기는 이게 아니다.

대학에 다니던 때였다. 나는 도서관의 책장에서 시집을 한 권씩 꺼내어 펼쳐 보는 것을 취미로 여기고 있었다. 공간이 무척이나 한정적이었던 서울예술대학의 도서관에는 신간들이 줄을 서서 언제든 꽂힐 준비가 되어 있었다. 대부분의 신간들은 우선 잠시 누워 있다가 책꽂이에 자리가 나면 그제야 꽂힌다.

나는 묻고 싶다. 신간의 자리를 차지하고 있던 구간은 다 어디로 떠난 걸까? 창고로 갔을까? 창고에서 누군가 자신을 찾아 줄 때까지 기다리고 있는 걸까?

나는 그렇게 도서관에서 진정한 단종의 숲을 만나게 되었다. 나의 20대 초반 시절에는 시집이 유난히 그러했다. 요즘에는 문학과지성사의 R시리즈나 문학동네의 포에지 등으로 절판되었던 많은 시집들을 다시 만날 수 있지만 내가 제일 처음 시 공부를 할 때는 헌책방에 가서 발굴해야 하는 것이 절판 시집이었다. 나는 당시 파격적이지만 더는 출간되지 않는 세계사 시집을 좋아했다. 세계사 시집을 10만 원씩 주고 샀던 기억이 난다. 그리고 또…… 문학동네의 양장본 시집이 있었다. 어떤 것은 여전히 팔고 어떤 것은 더 이상 팔지 않았는데, 내가 사고 싶은 것은 대부분 더 이상 팔지 않는 것이었다. 나는 남들이 읽지 않는 옛날 시집들을 읽으면서 굉장히 뿌듯해했다. 그걸 사서 읽었다고 하면 다들 궁금해했다.

"어때? 좋아? 읽어 봤어?"

그리고 늘 내 대답은 같다.

"응. 존나 좋아."

대체 왜 이 좋은 책들이 사라지는 걸까?

쓰는 자로서 세상에 책이 계속 존재하려면, 계약서에 명시된 5년 뒤의 날짜 이후에도 이 세계에서 내 책이 버티려면, 누군가는 읽어 주어야 한다. 그래서 가끔 나는 인터넷 서점이나 오프라인 서점에서 내 책을 산다. 누군가는 읽고 있다는 것을 출판사에 알리고 싶은 아주 작은 움직임이다. 나는 쓰는 사람. 쓰는 사람은 읽는 자 없이는 존재하지 않는다. 그래서 나는 필사적으로 에고 서칭을 멈추지 않으며 마주친 말들에 깊게 시름한다. 내 책이 세상에 남아 있어야만 할 이유를 끊임없이 찾는다. 지금 이 글 역시 무용한 게 아닐까 걱정한다.

누군가 이 글을 읽으며 헌책방을 뒤졌던 자기 자신을 떠올릴지도 모를 일이다. 그럼 나의 글이 무용함에서 한 발짝 멀어지는 것만 같다. 그리고 그 사람이 이 글을 계기로 또 한 번 헌책방에 가 이소호 시집이나 이소호 산문집이 없는지 물어봐 주는 장면을 상상한다.

"여기 이소호 책 없어요?"

이 질문은 사소하지만 거대한 질문이다. 그래야 나는 사라지지 않을 수 있다. 이 질문이 존재하지 않게 된다면 아무리 좋은 글을 쓰고 싶어도 나는 쓸 수 없게 될 것이다. 나는 사라지고 절판될 것이고, 딜리트 키로 쓱쓱 손쉽게 지워질 것이다. 책이 그렇다. 창고에 쌓여 있을 수 있는 것만으로 감사해야 할 때가 언제라도 올 수 있다.

나는 내 책을 열심히 팔 거야.

나는 이 말이 전혀 부끄럽지 않다. 내가 작가로서의 명운을 늘리려면 내가 나서서 열심히 팔아야 하는 것이다. 포토 카드를 만들고 스티커를 제작하면서 조금 더 알려 보려 노력하는 것이다. 팔리지 않는 책을 내 주거나 보관해 줄 출판사는 어디에도 존재하지 않는다.

나는 나의 책들에 대해서 매일 생각한다.

누군가에게는 놀림거리가 되었지만, 나의 다짐은 잊혀 본 자들만 알 수 있는 공포로부터 비롯되었다.

그 마음을 담아 꾹꾹 눌러 적어 본다.

아주 어린 시절 빈 책상을 보고
한 친구가 저 자리는 왜 갑자기 비었어 물었을 때
몰라 전학 갔나 봐
시큰둥하게 답하던 친구들을 생각하며
그렇게 나는 빈 책장 너머에 꽂힌 책을 보며 나를 자주 떠올렸다.

(10살의 경진이) 쓰다가 한 생각

1월 12일

오늘 물안경을 샀다.

보라색 검은색 분홍색의 색깔이 있는 물안경이다.

이건 김 서림도 막을 수 있는 특수 물안경이다.

나는 검정색을 샀다.

사고 나오면서 생각했다.

분홍색 하나 더 살 수 있으면 좋을 텐데.

3월 3일

정말 돈이 있으면 무언가가 사고 싶은가 보다.

주머니에 든 돈이 날 막 유혹한다.

"경진아 저것 봐 맛있겠지?"

"경진아 저 물건 이쁘지 않니?"

결국 몇 개의 과자를 사 먹는다.

오늘도 하교 후 호텔왕 게임이 날 막 유혹했다.

그래도 난 뿌리쳤다.

나오려고 하니 너무 사고 싶었다.

속으로 '내 돈으로 사는데 뭐 어때? 칫.'

이런 생각으로 그만 사 버렸다.

조금 겁도 났다.

그리고 조금 후회도 됐다.

그리고 집에 와서 어머니께 말씀드리니까 어머니께서는
압수하겠다고 말했다.

난 모든 마음을 비운 채 몇만 원 하는 돈을 어머니께 다 드렸다.

다시는 이미 있는 물건을 사지 않겠다.

3월 4일

우리 엄마는 예쁜 옷도 많은데 이상한 것만 준다.

오늘은 스키도 안 탈 거면서 스키 바지를 줬다.

이럴 땐 엄마가 싫다.

예쁜 청바지에 하얀 티도 입고 싶고 멋진 숄도 걸쳐 입고 싶은데.

엄마는 내 마음을 정말 모른다.

어리니까 이런 옷을 입어도 된다면서 원.......

4월 16일

맘모스백화점에 3천 원을 들고 가 보미 언니와 함께 쇼핑을 했다.

맨 처음에는 손수건을 골랐는데 마음에 드는 것이 없어서 망설이니까

귀걸이 파는 아주머니께서 날 끌어들였다. 아주머니가 나한테 여러

개의 멋진 귀걸이를 보여 주셨다. 반짝반짝 빛나고 예뻤다. 그런데

제일 싼 게 4천 원이었다. 결국 설명만 잔뜩 듣고 아무것도 못 샀다.

4월 30일

요즘 플러버가 유행이다.

플러버는 영화에서 나온 이상한 괴물이다.

아이들이 플러버를 가지고 논다.

나도 사고 싶다.

재미있고 신기하기 때문이다.

내일 꼭 살 것이다.

조물락조물락 가지고 놀고 싶다.

가격은 800원이라 한다.

꼭 사야지.

플러버야. 내가 간다. 기다려라.

7월 13일

오늘 어머니께서 호루라기를 사 주셨다. 나쁜 사람이 성폭력,
납치, 때리려고 할 때 호루라기를 불면 시끄러우니까 사람이 모일
것이고 그러면 나쁜 사람이 꼼짝 못 할 거라 하셨다. 그래서 비상으로
호루라기를 사 준 것이다. 동생은 호루라기가 생겨서 좋아했다.
나는 호루라기를 목에 걸어서 더 무서웠다. 왜냐하면 나는 호루라기
소리도 무서워하기 때문이다.

2부

나를 쓰게 하는 것

📁 폴더 이름 쓰다 만 글

결제까지 안 간 물건은 장바구니에 있다가 까맣게 잊힌다. 내가 좋아하는 쇼핑 명언 중 하나다. 문학에도 장바구니가 있다고 하면 다들 '내가 읽을 책'이라고 생각하기 쉬울 듯한데, 생산자 입장에서 그것은 다른 말을 뜻한다. 미완성 원고가 가득한 폴더, 이름하여 '쓰다 만 글'이다.

혹시 한 계절의 정점, 마감에 허덕이는 작가들의 대화를 엿들어 본 적이 있는가?

작가와 작가는 마감이 닥쳐오면 이런 대화를 한다.

"소호 너 재고 있어?"

"재고는 항상 있지. 근데 그게……."

"아 그만큼은 아니구나."

"응."

그러니까 재고는 차고 넘쳐 나는데 도무지 한 편의 완성된 시로 키울 가능성이 보이지 않는 애들만 한 바가지가 있다는 말이다. 마치 쇼핑할 때 결제창까지 도달하고도 이런저런 사정으로 물건이 내 품으로 들어올 수 없는 것처럼, 장바구니에 알뜰살뜰 넣어 둔다 해도 품 안에 안기 전까지는 결코 내 것이 될 수 없다는 말이다. 위의 대화에서 "그만큼은 아니구나."라는 말은 '써 둔 것은 있지. 하지만 세상에 아직 나올 준비가 되지 않았어.'라는 말로 바꿔 쓸 수 있을 것이다.

소호 글〉 수정 중〉 쓰다 만 글〉 쓰다 만 시

　　　　　　　　　　　〉 쓰다 만 산문

　　　　　　　　　　　〉 쓰다 만 소설

나는 나의 쓰다 만 글 폴더를 찬찬히 살펴본다.

하나만 열어 보고도 눈을 버릴 뻔했다.

아무리 급전이 필요해도 대부나 리볼빙은 땡기는 게 아니구나.

허덕이는 마감을 막아 보고자 허투루라도 세상에 나왔다면 소호 세계 멸망의 서막을 열 것이 뻔한 글뿐이었다.

다행이다.

아직 막장은 아니라서.

　나는 한참 동안 폴더를 하나씩 열어 '쓰다 만 글'의 세상을
애써 마주했다. 왜 완성 짓지 못했는지 알 수 있는 충분한
시간이었다. 쓰던 글들이 결국 쓰다 만 글이 되는 경우를
꼽자면 크게 네 가지로 나뉠 수 있다는 것을 깨달았다.

　첫 번째, 애초에 아이디어 하나로 시작한 글은 좀처럼
마무리 짓기 어렵다. 글을 쓸 때, 작가들마다 다르겠지만,
나는 아이디어가 떠오를 때마다 곧장 메모하고는 하는데,
사유보다 아이디어 쪽에 지나치게 기대다 보면 어느 순간
글 전체를 포기하게 되는 것 같다. 쓰다 만 시 중에서 한
가지 예를 들어 보겠다. 나는 침대를 설명한다면 어떤
방식들이 가능할지에 대해서 쓰고 싶었다. 침대에서는 꿈도
꾸고, 가끔 나 아닌 다른 사람도 눕고, 무엇보다 내가 가장
치열하게 잠에 도달하기 위해 분투하는 현장이기도 하기
때문에 나는 스스로 침대에 대해 충분한 사유가 있다고
착각하고 쓰기 시작했다. 그러나 그것은 좋은 시가 절대로
될 수 없었다. 이유는 단순하다. 침대에 대해 누구나 이해할
수 있는 보편 말고 '이 글'을 반드시 읽어야만 하는 무언가가
끝끝내 부족했다. 그래서 나는 이 시를 쓰다 만 글 폴더에서

구제하지 못했다. 문득 마감이 턱밑까지 조여 오는 때면 늘 이 글을 열고 나에게 되묻는다.

'소호야. 그래서 너한테 침대는 무엇이지? 독자가 이 침대를 왜 읽어야 하지?'

하지만 답을 찾지 못한 덕분에 이 시는 2년 3개월째 쓰다 만 시 폴더 안에서 잠들어 있다.

두 번째로, 쓰던 글에서 단 한 문장만 괜찮을 경우다. 이때 나는 외과 전문의로 빙의해야만 한다. 자 살릴 건 살리고 죽일 건 죽이자. 이런 것이다. 예전에 동상에 걸린 환자가 발가락 절단 시기를 놓쳐 발 전체를 잃었다는 이야기를 들은 적 있다. 나는 시에서도 그런 경우를 종종 느끼고는 한다. 이 문장은 정말 중요하고 필요한 문장인데, 내 마음을 대변한 문장인데, 내가 더럽게 못 쓴 그 시 안에서 죽어 가고 있는 것이다.

죽어 가는 시에 대해서 나는 판결을 내려야만 한다. 어떻게 할 것인가. 하나라도 살릴 것인가, 전체를 죽일 것인가. 비련의 주인공처럼 울며 겨자 먹기로 판단을 내린다. 판단은 당연히 대부분 한 줄을 살리는 쪽으로 하는데, 그 발가락은 이미 남의 발가락이 되어 있다. 발가락만 모자란 멋진 사람에게 그냥 줘 버린 것이다. 잔인하고도 비극적이다. 원래 붙어 있던 곳, 그러니까 수술 중이던 시는 매력적인 한두 줄을 잃었으니 처참하게 버려져 있을 수밖에 없다. 그리고 세상에서 가장 아름답고 가장 소중한 발가락을 잃은 채 병동에 누워 있는 그 시는 쓰다 만 시 폴더에 누워 재기를 노린다.

세 번째로는 아무리 매만져도 이미 볼륨이 정해져 있어 더는 성장 가망이 없는 경우를 꼽을 수 있다. 이 일은 내가 합평 강의를 할 때에 '스타일'을 기준으로 호불호가 많이 드러나는 지점이기도 하다.

아주 오래전 내가 문학을 이제 막 다시 시작했을 때 이야기다. 합평 시간에 시를 써 갔다. 당연히 정성스럽게. 그 시는 그 나름의 완성태가 되어 있었다. 문제가 있다면 뭐라 설명해야 할까, 애초에 벽돌로 지은 셋째 아기 돼지 집이 아니라 첫째 아기 돼지처럼 초가삼간을 지었다는 것이다. 집은 집인데 뭔가 엉성한 그런 시였다. 내 글을 보던 나의 은사님은 이런 말씀을 하셨다. 이 시는 이대로가 됐다고. 평범하다고. 그래서 나는 되물었다. 선생님 그럼 이 시는 어떻게 고쳐요? 물었다. 선생님은 내게 지금도 아로새길 만한 큰 가르침을 주시었다.

"경진아. 고치는 것보다 새로 쓰는 게 더 편하단다."

이 이야기를 처음 들었을 때 나는 의아했다. '그럼 이 시는

실패작인가요?' 되묻고 싶었지만 그러지 못했다. 왜냐하면
실패하고 싶지 않았기 때문에.

　나는 수정한 시로 은사님을 놀래켜 드릴 작정으로 일주일
내내 시를 매만졌다. 산문이었다가 행갈이 시가 되기도 했고,
이 이야기를 붙였다가 저 이야기만 따로 떨어트려 놓기도
했다. 제목도 바꿔 보고 첫 문장이나 마지막 문장을 손보고,
선생님이 말씀하셨던 걸리는 단어들을 수정했는데도 시는
여전히 영 이상했다.

　그때 숱한 수정을 하면서 알게 되었다. 결국 선생님의
말씀대로 '이보다 더 나아지는 것은 불가능하다.'라고 결론을
내려 버렸다. 한계에 봉착한 것이었다. 그리고 나는 선생님의
말씀처럼 수정보다는 차라리 그 시를 다시 쓰는 것이
낫겠다는 생각으로 완전히 백지에서부터 시작했다.

　건초로 지은 집을 아무리 그럴듯하게 다듬어 봤자 건초에
불과하기 때문에 벽돌부터 들고 다시 시작하는 것이다. 내가
애초에 생각한 집을 곱씹으면서.

　나는 시 수업 수강생들에게 이렇게 이야기하곤 했다.

　"여러분, 여러분이 와인을 흰 블라우스에 쏟았어요.
아무리 빨아도 와인 얼룩은 어쩔 도리가 없어요. 그럴
때는, 그냥 방법이 없는 거예요. 다시 똑같은 걸 사는 것이
가장 빨라요. 그래서 저는 수정에 대한 어려움을 겪으니

맨바닥에서 다시 쓰라고 하고 싶어요."

이 시에서 아무리 무언가를 바꾼다고 해도 달라지는 것은 없다. 밑바닥에서 다시 시작해야지.

지금 내 쓰다 만 글 폴더에 있는 글들은 전부 건초로 지은 집이다. 후 불기만 해도 날아가 버릴 것만 같이 얼기설기 위태롭다. 어떻게 해도 수습은 안 되고 시작과 끝이 너무 명확하게 정해져 있는 시. 결말에 비극적으로 도달해 버린 시. 그런데도 버리지 않은 이유는 단 하나다. 내가 언젠가 미장 실력이 늘면, 이 시를 처음부터 일으켜 세울 수 있다고 믿기 때문이다.

마지막으로는, 지금 내가 이 글을 만지기에는 실력이 부족한 경우를 꼽는다. 사실 이 경우가 가장 희망적이다. 그리고 실제로 구제받아 발표도 하고 시집에 실은 시도 꽤 있다. 첫 번째 시집과 두 번째 시집에도 구제하여 실은 시들이 있었지만 가장 기억에 남는 것은 단연 세 번째 시집『홈 스위트 홈』(문학과지성사, 2023)에 실린 시,「특선 다큐멘터리」와「다정한 이웃과 층간-소음 사이에 순장된 목소리」를 꼽고 싶다.

특선 다큐멘터리

　나는 전기장판 위에서 낮잠만 자는 수사자 한 마리를 혐
오했다 그깟 수염 좀 많은 게 뭐라고 매 끼니마다 소 돼지를
해다 먹였다 버는 것 없이 쓸 줄만 알았던 남편은 부른 배를
부여잡고 텔레비전을 보았다 「생로병사의 비밀」의 볼륨을
높여 가며, 오래오래 사는 법을 강구했다 여보 내일은 가
젤 대신 뱀을 잡는 게 좋겠어 그게 그렇게 정력에 좋다더구
먼 밤일도 사냥도 못 하는 남편 지 혼자 평화로웠다 한편 오
늘도 골방의 토끼 새끼들은 클로버만 주워 먹으며 배고픔
에 허덕였다 사계절 내내 양푼에 클로버를 비벼 먹다가 빨
개진 눈을 부비며 물었다 엄마 우리에게 행운은 언제 오나
요 아버지가 좋은 이파리만 골라 먹어 버렸단다 토끼 새끼
들은 눈이 더욱더 빨개졌다 풀독에 오른 자식새끼들은 점
점 매가리 없이 픽픽 쓰러졌다 애들아 여긴 약육강식의 세
계란다 약한 사람은 당해도 싼 곳이야 그러니까 늘 몸집을
부풀려야 한단다 잊지 마 애들아 집에서도 누군가가 늘 너
희를 노리고 있다는 것을. 잊지 마 아빠가 저래 보여도 이
동네의 왕이란다 암사자만 몇 명을 거느리고 있는 줄 아니?
그러니까 오랜만에 집에 들어오시면 꼭 공손하게 인사하

고 천천히 들어가렴 빨리 움직이면 괜히 우리가 지레 겁먹고 도망치는 줄 알고 우리를 잡으려 드실 거란다 그 뒤는 말 안 해도 알지? 엄마 하지만 엄마 말은 거짓말이에요 아빠는 호시탐탐 우리를 먹으려 드는걸요 매번 입맛을 쩝쩝 다시며 앞발을 세워 이리 굴려 저리 굴려 보시는 걸요 아시잖아요 엄마. 엄마도 도망 말고는 살 방법이 없다는 걸요 애들아 조금만 기다려 보렴 아빠가 제일 먼저 태어났으니 그래도 먼저 죽지 않겠니? 우리 죽은 듯이 기다려 보자꾸나 원래 죽은 것은 건들지 않는 법이란다 하루가 갔다 또 하루가 갔다 하루를 이어 붙인 하루는 또 갔다 엄마 엄마 보세요 역시 가는 데는 순서가 없나 봐요 틀렸어요 우린 다 틀렸어요 목덜미를 이미 들켰는걸요 토끼 새끼들은 일제히 모두 눈을 감았다 그날 이후 우리는 알아서 가장 좋은 부위를 모아 모두 남편에게 주었다 여보, 여보 일어나 봐요 그래도 우리 어떻게든 살아야 하잖아요 돌아 누운 등 아래 남편은 손가락만 까딱일 뿐, 아랫도리는 여전히 꼼짝도 안 했다 부녀회에서도 발톱을 세워 허벅지 긁는 법을 이번 주 안건으로 내세웠다 그래 초식동물에게도 발톱은 있다 발톱은 날카롭다 발톱은 은밀하다 발톱은 날카롭고 은밀하고 더럽다 그러니까 발톱은 여러모로 쓸모가 많았다 가젤의 속을 파던 그 손으로 바지 속을 박박 긁었다 벅벅 소리가 날 때마다 자지러

지게 헐떡헐떡 숨조차 몰아쉬는 법밖에는 몰랐던, 전기장
판 속 남편은 아프리카에서 말했다 야 이 무식한 여편네야
텔레비전에서 못 봤어? 남들 다 하는 그깟 살림 좀 한다고
나대지 마 수사자는 사냥 따위는 하지 않는 거야 알지도 못
하면서

　　이 시는 정말 구제를 할 수 있을지 감히 상상조차 하지
않았다.
　　처음 이 시를 썼을 때로 돌아가 보자면 때는 9년 전이다.
평범한 하루였고, 아버지가 퇴직을 하신 후 늘 좋아하시던
내셔널지오그래픽 채널의 다큐멘터리를 보고 계셨다.
때문에 나도 티브이로 시선이 가 몰입할 수밖에 없었는데
화면 속에서는 갈기만 풍성한 문제의 수사자가 암사자
여럿을 거느리고 있었다. 암사자들이 육아부터 사냥까지 다
하는데 수사자가 가만히 있는 것이 너무 웃겼다. 수사자의
일이라곤 다른 수사자와 맞짱을 떠서 더 많은 구획을
자신의 것으로 만드는 거 말고는 하는 일이 없어 보였다.
나는 이걸 보면서 가부장제가 얼마나 동물적인 것에서부터
비롯되었는지 느꼈고 그걸 써 보고 싶었다. 일하지 않는
최상위 포식자와 고군분투하는 암사자, 그리고 그 암사자와
수사자의 먹잇감 초식동물. 너무 좋은 발상이라는 생각에

나는 곧바로 책상으로 달려가「특선 다큐멘터리」를 썼다.
그러나 초식동물의 부분이라든가, 마지막에 아내가
바가지를 긁는 부분이 어색했다. 아무리 봐도 어색했다.
마지막을 위한 마지막 문장과 토끼 새끼의 등장은 정말
아무리 만져도 부드러워지지 않았다.

　그날 이후로 내가 이 시를 몇 번이나 들추어 봤는지
모르겠다. 이 시를 등단 전 투고할 때도, '아 이거 아까운데.'
생각했고, 등단 후 책을 낼 때도 그랬으니, 발표와 마감이
쫄릴 때마다 내가 그 시를 열어 보았을 것은 안 봐도
비디오겠지?

　그러니까, 나는 무려 9년 동안이나, 위기가 닥친 순간마다
그 시를 살폈다. 그 시뿐만이 아니다. 정말 많은 시를 다시
살폈다. 아 좋은데 왜 안 되지? 하며 한참 들여다보다가도
차마 손도 대지 못했다. 손을 대면 여기서 더 망가질까
봐. 튼튼한 나무토막으로 서 있는 게 아니라 누가 손으로
조각들을 쑥쑥 빼 버린 젠가처럼 엉성하게 서 있는 것이다.
문학적으로 우뚝 서고 싶다면 필요한 나무토막을 반드시
여러 개 구해 와야 한다. 그러나 딱 맞는 토막을 구하지 못한
나는 이 시를 매번 열어 보기만 할 뿐 9년간 방치하게 되었다.
그러던 어느 날, 나는 비로소 이 시를 수정할 수 있게 되었고
그 비결도 별게 아니라는 사실을 깨닫게 된다.

때는 마감에 시달리지도 않고 독촉도 없던 그런 평범한 날이었다. 나는 여느 때처럼 쓰다 만 글 폴더를 습관처럼 뒤적였다. 인간이라면 누구나 기대고 싶으니까, 맨땅에서 시작해야 한다는 사실을 어떻게든 부정하고 싶기 때문에 과거의 글을 보다 우연히 「특선 다큐멘터리」를 정독하게 되었다. 9년이나 지난 나의 글은 굉장히 생소했다. 그 후로 나 역시 '레벨업' 했으니 전에는 보이지 않던 부분들이 보이기 시작했다. 마감에 쫓길 때 살펴보았을 때는 노답이더니, 마음의 여유가 있을 때 다시 읽어 보자 아주 선명하게 잘못된 지점들이 보이기 시작했다.

이 시의 가장 큰 문제가, 처음부터 볼륨이 너무 작아서였음을 그때 깨달았다. 이 모든 이야기를 이해하려면 표현 단위에서 고치는 것이 아니라, 더 너른 땅에서 시작해야 했음을 알게 되었다. 장편의 볼륨으로 단편을 쓰면 무언가 건너뛰거나 생략하게 되는 것이 당연한 이치 아닌가? 그 마음으로 나는 분량이 훨씬 긴 시로 그 시를 다시 수정했다. 토끼들의 목소리와, 발톱에 대한 어떤 혐오의 감정을 더하자 그 시는 그제야, 9년 만에 세상 밖으로 나올 수 있었다. 다른 시의 경우를 한 편 더 살펴보자.

다정한 이웃과 층간 ─ 소음 사이에 순장된 목소리

넌 모르지 밤새 그 천장에 내가, 내 천장엔 쥐, 새끼 달린
다 구멍은 컸다 며칠 전 손톱을 쏠아 번식했다 가난하니까
가을이면 쥐도 애도 주렁주렁 낳았다 나는 이빨을 누런 장
판에 꽂아 두고 입을 꾹 다물었다 반짝반짝, 대가리로 하염
없이 별이 쏟아지는. 이제 거기가 밤이었다 마침내 나는 주
린 배를 붙잡고 구멍을 먹고 말았다 찍찍 갇혔다 모서리에
딱 붙어 오도 가도 못 하고 찍─찍 울었다 짖다가 찢다가 찍
찍이에 누워 생각했다 곤죽이 된 채 왼쪽으만 보는 세상은
얼마나 슬픈가 바닥에 눌어붙어 자란 천장은 높고도 깊었
다 남편은 나를 주워다가 도망가지 못하도록 곱게 접어 찍
찍이에 눕혔다 영원히 침대 밑에 쑤셔

　박았다

　　　　　　　　　한번 어둠속으로 숨어들면
　　　　　　　찾아낼 수 없는 게 쥐새끼의 본능이지
　　　　　　　　　　　　근데,
　　　　　　　　　　　나는 달라
　　　　　　　　　나는 지구 끝까지라도 널

찾아내고 말 거야

남편은 말했다

말대로
나는 절대로
절대로 아무에게도 들키지 않았다 다음 날도 그다음 날
도 나는 거칠게 숨을 몰아쉬는 숨소리만 들릴 뿐 아무도 나
를 찾지
않았다
오직 남편만 빼고

나를 무시하면
가만있지 않겠다고 그랬지?
이건 당신이 자초한 일이야
네가 애 낳는 거 말고
할 줄 아는 게 뭐가 있어 지금처럼
입 다물고 여기 얌전히
누워,
누워서 가만히
가만히 있으란 말이야

날을 거듭할수록 나는 옴짝달싹 못 한 채로 남편보다 더 성숙한 어른이 되었다 더는 먹지도 않고도 더 일찍 나이를 먹었다 진득하게 붙은 눈동자에 눈물까지 뚝뚝 붙은 채로 나는, 나는 기도 말고는 아무것도 할 수 없었다 아가리를 벌린 멸치와 누워 나란히 말라비틀어질 때까지 발에 쥐난 채 외쳤다 야옹야옹 코에 침 바르고 야옹야옹 울며 조금씩 골로 갔다 이제 죽음은 관광이 되었다 1302호 구경꾼이 외쳤다 여러분 그거 아세요? 저게 우리 아파트에 남은 단 한 마리의 쥐였어요 얼마나 영리한지 몰라요 들키지 않고 얼마나 오래 함께 살았을지 아무도 모른다고요 생각만 해도 소름 끼치지 않아요? 번식이라는 게 그게 별게 아니에요 여러 구멍을 오가면 그게 바로 번식이에요 수컷도 새끼도 아닌 암컷이 잡혀서 얼마나 다행인지 몰라요 암컷은 잠재적 가임기잖아요 붙어먹으면 무조건 낳을 거예요 수컷만 만나면 붙어먹는 게 짐승이잖아요 더 많은 쥐를 낳을 거예요 우리는 그걸 막았어요 끅끄그그—끄—ㄱ끅그극긁 이를 갈며 우리의 밤을 해치는 목소리를. 우당탕탕쿵탕 새끼 쥐들이 뛰어다니는 그 소리를, 그러니까 끄르그그를그그그를—ㄲ 이 소리를 이제 듣지 않아도 된다는 건가요? 아랫집이 묻자 옆집이 환호했다 그 집은 맨날 싸우기만 하는 것 같아요 난 좀 피해만 끼치지 않으면 좋겠다고 생각해요 교

양이라고는 찾아볼 수 없는 존재들이라니까요 정말. 나는
누워 생각했다 강 건너 불구경하던 가족을. 또 다른 구멍을
찾아 내 등을 올라타고 살아갈 가족을 생각했다 그리고 주
름이 주름을 더해 가는 동안, 아무도 신경 쓰지 않을 내일
을, 생각했다 차라리 차라리 곳곳을 물리면 빨리 죽을 수
있겠다는 생각을 생각했다 아마 다시 구멍을 키우면 목숨
만은 지킬 수 있겠다 생각을 생각하며 생각했다

　나는
　우리 집 바닥이자 너희 집 천장이자 우리 집의 벽이라던
옆집의 벽이라는 벽 아무 데나 대고 빌었다 이불 속 트랩 부
비부비 트랩 꼬리부터 잘리리라 하수구 천장 마침내 문지
방 밟고

　외치리라

　ㄱㅜㅎㅐㅈㅜㅓㅇㅛㅈㅔㅂㅏㄹ

아 씨발 존나 질기네
이제 이만했으면 빨리
제발 좀

                     뒈져

그렇게

교양 없는 삶은 계속되었다

더 큰 목소리로

끅그그 — ㅠ그가그스그그그구퓨러가 — 가가구 끄꿓거
그끆구가그그그구ㅁㄴ아ㅜ르아ㅜ르ㅁ

이 말이 나의 유일한 말이 된

지금

남편은 애들의 뒤꿈치에 애들은 다시 내 뒤꿈치에 올라
탄 채로
여전히

내 대가리를 짓누르며

우당탕탕쿵탕

날뛰고

남편은 이웃과 남편의 말을 한다

띵동띵동

저기요 조용히 좀 해 주세요
도대체 몇 번째예요?

정말 죄송합니다
다시는
다시는 그런 일 없도록
제가 아주 따끔하게 혼내겠습니다

「다정한 이웃과 층간-소음 사이에 순장된 목소리」는 원래
쥐에 시달리는 한 사람의 이야기였다. 어렸을 때 집에서
쥐가 발견된 뒤부터 쥐덫과 찍찍이를 놓고 쥐가 잡히기를
기다리느라 밤잠을 이루지 못할 때였다. 내가 누워 있는
동안 쥐들이 나를 지나치면 어쩌지 두려워 불을 켜고, 사람

목소리가 끊임없이 나오는 라디오를 틀어 놓고, 쥐는 영악한 동물이라 사람이 활동하는 시간에는 움직이지 않는다는 것에서 착안해 정신의 덫 역시 마련해 두고, 겨우 안대를 하고 몸을 뉘었을 때였다. 우리 집 아래층에서는 굉장히 유명한 아티스트가 작업실을 쓰고 있었는데, 그 작업실에서 너무나 아름다운 피아노 소리가 들리는 것이었다. 나는 그 아티스트의 피아노 소리를 훔쳐 듣는 것을 참 좋아했는데, 갑자기 내가 여유가 없어지고 나니 그것이 소음 공해처럼 느껴졌다. '나는 이렇게 전쟁 통 속에 있는데 저 사람만 저렇게 평화롭다고? 내가 쥐를 다 막아 준 덕에, 집 옥상에서 우리 집으로 내려왔기 때문에, 단지 당신보다 한 층 높이 산다는 이유로 이렇게 온 힘을 다해서 쥐를 다 떠안고 있는데, 저 사람은 천하태평하게 피아노나 치는구나.' 싶어서 화가 났다.

다음 날 찍찍이에서 발견된 것은 아주 작은 쥐였다. 쥐는 거칠게 숨을 몰아쉬고 있었다. 그러나 떼어 내어 다른 곳에 살라고 방생할 수도 없는 노릇이었다. 나는 내가 죽음으로 몰아세운 한 마리의 생명의 숨이 꺼져 가는 것을 묵묵히 바라보며 잠시 반성을 하다가 곧바로 쥐 시체를 처리했다. 인간의 애도가 얼마나 기만적인지 그때 느꼈다. 그리고 나는 시를 썼다.

초고에는 쥐에 대한 슬픔만 적었다. 내가 죽이고 내가 불쌍해하고 곧바로 거기에서 벗어나는 그 지점을 썼다. 하지만 아무리 보아도 무언가 부족하다는 느낌을 지우기 어려웠다. 그렇게 거의 6년 동안 쥐에 대한 이야기는 '쓰다 만 글'에 사장되는 듯했으나, 만화 「명탐정 코난」에서 층간 소음 때문에 사람을 죽였다는 에피소드를 우연히 보고 나는 '층간 소음'과 '폭력'에 대한 나무토막을 찾게 되었다. 그리고 그것으로 다시 튼튼하게 집을 지었다. 이 두 시들은 인고의 시간을 거듭한 덕에 마침내 발표되어, 읽힐 수 있었다.

지금도 내 '쓰다 만 글' 폴더에는 위와 같은 이유로 얼마나 많은 시가 엎드려 있나. 아니지, 시만 있는 게 아니지. 소설도 산문도 다 엉성한 모양으로 잠자고 있다. 역량 부족으로 묵힌 그 글들은 과연 어떻게 될까? 이 산문을 쓰면서 나는 폴더의 글을 하나하나 열어 보게 되었다. 생각보다 괜찮은 것도, 여전히 가망이 없는 것도 있다.

작가로서 쓰면서 느끼는 게 있다면, 내가 포기하지 않는 이상 이 글들은 죽지 않았다는 것이다. 살아 있다. '쓰다 만 글'이라고 해서, 실패작들이 모여 있는 것만은 아니라는 확신이 든다. 미완성이기 때문에 '미지의 걸작'이 될 수 있는 무한한 가능성을 지닌 것이기도 하다. 그리고 밤중에 나처럼 풀리지 않는 글을 계속해서 붙잡고 있는 사람들에게도 이야기하고 싶다. 아무리 오랜 세월이 걸리더라도 이 글들은 반드시 무언가 될 수 있다는 것에 더 큰 희망을 걸자. 시작한 것이 나였으니, 분명 멋진 끝맺음도 내 두 손으로 할 수 있을 것이다. 그리고 몇 년 뒤 이 글들은 모두 내 두 손에서 독자의 두 손으로 옮겨 갈 거라고, 나는 확신에 확신을 더하여 당신에게 감히 나의 '실패'를 전하고 싶다.

백세권에 산다는 것은

1년 만에 다시 찾은 정신과에서 의사는 약을 줄이자며 여러 운동을 권했다. 나는 말했다.

"선생님 저는 밖에 나가는 것조차 너무 두려워요. 글을 쓰는 것도 이젠 너무 지치고요, 어디를 가도 공황장애로 가슴이 두근거린단 말이에요."

그러자 선생님께서는,

"소호 씨가 좋아하는 곳에 가 보세요. 소호 씨는 어디를 좋아하죠?"

"글쎄요…… 전 공원이나 동네 천 근처는 영 별로예요. 어디 움직이는 것 자체가 싫어요."

의사는 잠시 생각에 잠겼다. 그리고 한참 뒤 입을 뗐다.

"그럼 백화점 어때요? 정기적으로 백화점 내부를

산책하듯 걷는 거예요. 소호 씨는 물건 살 때가 가장
행복하다면서요."

　　나의 백화점의 사랑은 아주아주 어릴 적으로 거슬러
올라간다. 내가 부산에 살고 아직 IMF도 오지 않아 여러모로
우리 가족이 살 만했을 때다. 우리 집은 당시 막 새로 지어진
현대아파트였고 현대아파트는 비슷한 시기에 지어진
맘모스백화점의 후문에서 엎어지면 코 닿을 거리였다.
얼마나 가까운 거리였냐면, 쇼핑 카트를 밀고 나와 우리 집
현관 앞에 물건을 놓은 뒤 다시 가져다 놔도 아무도 제지하지
않을 정도였다. 우리 아파트 뒷문에서는 백화점 직원들이
삼삼오오 모여 담배를 피웠다.
　　동네 슈퍼에 가는 것이 쇼핑의 전부였던 나에게
백화점은 새로운 장소였다. 통유리 안으로 보이는 세계는
어쩐지 현실처럼 느껴지지 않았다. 가장 좋은 옷을 입은
마네킹이 줄줄이 늘어서 있었고, 한 아름의 부케를 안아 든
것 같은 화장품 냄새가 입구부터 코를 찔렀다. 직원들은
누가 오지 않아도 계속해서 반지와 목걸이에 광을 내기
바빴다. 가장 신기했던 것은 유리창 너머 바깥을 볼 수 있는
엘리베이터였는데, 점점 지상으로부터 멀어질수록 나는
세상을 내려다보는 쾌감을 느꼈다. 그렇게 나는 백화점의

세계로 입장했다. 우리 동네에서 제일 큰 슈퍼마켓이었던 미화당 따위는 비교도 되지 않는 곳이었다. 말 그대로 없는 것 빼고는 다 있었다.

어린이답게 내가 가장 가지고 싶었던 것은 맥도날드 피규어였다. 더 정확히 말하면 바로 해피밀 세트를 시키면 주는, 책가방을 멘 플라스틱 스누피 피규어였다. 나에게는 빵이 더 이상 빵이 아니라는 사실이 놀라웠다. 세트나 콤보는 무척 신기한 것이었다. 더군다나 엄마가 먹지 말라는 것으로 점철된 탄산음료와, 매우 짠 감자튀김을 한꺼번에 준다니. 그걸 사 달라고 한다는 것 자체가 나에게는 커다란 도전이었다.

맥도날드가 처음 개장한 날, 직원들이 다가와 내게 풍선을 주며 '해피밀'을 소개했다. 어린이인 내가 해피밀 세트를 시키면 다달이 새로운 인형을 준다고 했다. '빵을 사면 장난감을 준다니!' 나는 내가 어린이여서 다행이라는 생각을 했던 것 같다. 솔직히 햄버거에는 관심이 없었다. 당시 나는 굉장히 어른스러운 입맛을 가지고 있어서 빵집에 가도 크림빵은 고르지 않고 보리빵을 골라 오고는 했고 동네 아줌마들은 '얘는 참 신기한 애'라고 말했다. 그랬기 때문에 나에게 햄버거 따위는 누가 먹어도 상관없는 것이었다. 그냥 스누피를 얼른 잡아와야겠다고 생각했다. 온 마음을 다하여 내가 붙잡지 않으면 가방을 메고 어디론가 떠날 것 같은 스누피 피규어가 너무 갖고 싶었다. 꿈도 꾸었다. 나는 울며 남겨진 햄버거를 먹었고 스누피 혼자 날 버리고 가는 꿈을.

　나와 같은 마음을 가진 같은 아파트 단지 친구들은 4000원씩 들고 아주아주 긴 줄을 섰다. 처음으로 물건을 가질 수 없겠다는 불안감에 시달렸다. 인기 있는 스누피들이 품절, 품절, 품절 딱지가 붙는 순간부터 초조해지기 시작했다. 급기야 나는 가난을, 부모를, 원망했다. 몇 날 며칠 쉬지도 않고 엄마에게 떼를 썼고, 그 투쟁의 과정은 고단했다. 엄마는 한결같이 "무슨 빵에 4000원이나 쓰냐."라며 내 마음을 몰라줬다.

　'빵에 4000원을 쓰는 게 아니고 스누피에 4000원을 쓰는 건데.'

　그렇게 말하면 진짜로 안 사 줄까 봐, 대신 "나도 남들처럼 맥도날드 햄버거가 너무 먹어 보고 싶어."라고 난리를 쳤다. 엄마와 나는 길고 긴 평행선을 달리다, 나란히 앉아 합의를 봤다. 책 한 권을 읽고 독후감을 쓰면 해피밀을 사 주겠다고 약속을 한 것이다. 엄마가 고른 책은 죽임당하지 않기 위해 왕녀가 백일이나 읊조렸다던 길고도 긴 『아라비안 나이트』였고, 나는 단숨에 읽고, 또박또박 성실하게 독후감을 썼다.

그 후로 백화점은 엄마와 나의 어떤 상벌의 세계가 되었다. 말을 잘 들으면, 치과에 잘 가면, 일기를 잘 쓰면, 학원에 잘 다니면, 엄마는 맘모스백화점에서 내가 가지고 싶은 무언가를 사 주기로 했고, 나는 오늘은 이것을 해내고 내일은 저것을 해내며 맘모스백화점을 다녔다. 맘모스백화점은 그렇게 나와 함께 성장했다.

몇 년이 지났다. 맘모스백화점이 조금 낡고, 나도 조금 나이가 들었을 때 IMF가 터졌다. 부산의 신도시였던 우리 동네는 직격탄을 맞았다. 친구들이 뿔뿔이 흩어지고 짓다 만 건물들이 생기기 시작했다. 이름처럼 굳건할 것 같던 맘모스백화점에마저 '폐점'이라는 딱지가 붙었을 때 나는 세상이 무너지는 줄 알았다. 갑자기 엄마가 혀를 찼다.

"이래서 이름은 잘 지어야 하는 거야. 가수가 노래 이름을 따라가듯이 멸종된 동물의 이름을 지으니까 저렇게 없어지지."

나는 너무 슬픈 마음이 들었다. 내가 사랑했던 첫 백화점, 위대한 맘모스는 나라가 망하며 같이 망했다.

안녕 맘모스. 나는 지금 맘모스에 대한 글을 쓰며 한

시절에 인사하고 싶다.

그러나 이 슬픔을 비웃기라도 하듯, 한 달 뒤
맘모스백화점은 '유나백화점'이 되었다. 폐점이라는 단어를
붙였던 것이 민망할 만큼 더 화려하고 멋진 모습이었다.
교실의 친구들은 부모님을 따라 뿔뿔이 흩어져 더는 볼 수
없었지만, 백화점만은 굳건하게 살아남았다. 엘리베이터
버튼을 눌러 주던 언니는 사라지더라도, 반지를 닦거나,
이벤트 매대를 지키던 직원들이 몽땅 사라지더라도
백화점은 반드시 살아남는다. 그래. 어떤 장소는 그렇게
끔찍한 상징으로 남는다.

내가 다시 소비에 대한 의지를 불태우기 시작했을 때는
사회생활을 막 시작했을 때였다. 나의 첫 회사는 삼성동에
위치한 광고 회사로, 나는 점심시간이면 코엑스몰과
현대백화점에 자주 들러 밥을 먹었다. 그리고 남는 시간에는
마땅히 할 일이 없어 천천히 백화점을 둘러보기만 했는데,
언제부터인가 내면에 잠들어 있던 물욕이 깨어나고 말았다.
당시 나는 고된 회사 생활로 워라밸이 무너진 상태였다. 글을
쓰는 것이 갑자기 일이 되면서 독서에도 문학에도 영 흥미를
잃고 말았다. 광고 회사에서는 조사도 문장도 다 광고주의

마음에 들게 써야 한다. 고치고 고친 뒤에 내가 쓴 문장은
한 문장도 없다는 것을 깨닫게 되고, '이럴 거면 지들이
쓰지.' 생각했던 적이 한두 번이 아니었다. 내가 그곳에
필요한 사람이라는 생각이 전혀 들지 않았다. 글을 쓴다는
것은 어쨌든 무언가 표현하기 위함인데, 그저 필경사가 된
기분으로 받아 적기만 하는 나라는 존재는 이 회사에서
뭘 하는 사람인지 도통 알 수 없었다. 나는 손만 빌려주는
사람이었다.

　이 분노를, 자아를 표출하고 싶었다. 그래서 지나가는
길에 단 한 번도 바를 것 같지 않을 립스틱 하나를 샀다. 너무
짙은 빨간색이어서 용기가 필요했지만, 이 빨간색 립스틱을
바른다면 아무도 나를 만만하게 보지 않을 것 같았다. 그리고
그리고 빨간 립스틱을 바르자 대단한 자신감이 생겼다.

　그렇게 나는 마음고생을 할 때마다 나를 위한 선물을 사기
시작했다. 문제는 그놈의 마음고생을 매일 했다는 것이다.
얼마나 나를 위한 선물을 많이 샀는지 나중에는 12월이면
소멸 예정이라는 포인트로 한 매장에서만 4만 원짜리 파우치
선물을 받기도 했다. 어리고, 별다른 취미도 없었던 나는
불행히도 나를 위로하는 방법을 몰랐다. 오로지 소비밖에는.
그때는 내가 사랑해 마지않던 글쓰기가 일이 되어 버리면서,

소비는 유일하게 나를 지탱해 주는 쉼터가 되었다. 비록 내 삶에는, 통장에는, 구멍이 나기 일쑤였지만.

그리고 얼마 후 직장을 그만두자 정기적인 수입 활동이 사라지면서 나는 다시 우울해진다.

정기적으로 그 무엇도 쓰지 못하게 되었기 때문이다.

우울하다는 것은 아무것도 쓰지 못한다는 것과 같다.

동시에 그것은 글이 되거나 돈이 된다.

나는 의사의 처방대로 다시 백화점을 다니기로 하였다. 그러자 행복한 고민이 시작되었다. 어느 백화점을 갈 것인가? 우리 동네에는 백화점이 무려 다섯 개나 있다. 놀랍지 않은가? 진짜다. AK백화점(지금은 이랜드로 바뀜)을 시작으로 디큐브 현대백화점, 롯데백화점, 신세계백화점, 타임스퀘어가 있다. 조금 더 시간을 투자한다면 여의도에 있는 IFC까지 돌 수 있다.

나는 처방 이후 당당하게 백화점 투어를 다니기 시작했다. 버스 하나로 갈 수 있는 백화점은 무궁무진했다. 백세권에 산다는 게 이렇게 좋은 일이라니, 잊고 지냈던 하나의 유희를 다시 찾은 느낌이었다. 백화점은 늘 새로웠다. 시즌만 되면 인테리어를 달리하여 다른 풍경을 만들었다. 나는 그중

1층을 가장 사랑했는데, 거기가 가격 대비 그나마 만만했기 때문이다.

대부분의 백화점이 그러하듯 1층은 스몰 럭셔리가 가득한 곳이다. 적은 돈으로 큰 만족도를 가질 수 있는 명품들. 그리고 이벤트로 진행되는 수많은 팝업 스토어. 나는 백화점을 천천히 돌며, 새로 입점한 브랜드들을 (아이쇼핑만 하겠다는 다짐을 어기고) 테스트해 보다 결국에는 사기도 했다. 나에게 산책이란 빈손으로 가서 늘 양손 가득히 돌아오는 것이었다. 산책은 언제나 택시 안에서 신한카드 어플을 켜는 것으로 마친다. 그리고 후회한다. 돈을 많이 써서 후회하는 게 아니다. 더 많은 글을 쓸 걸. 그런 후회를 한다. 다음 달의 카드로 빠져나갈 물건들을 되짚어 보면서 쓸 수 없어서 거절할 수밖에 없었던 청탁들을 생각한다. 내가 그때 재능이 있고 슬럼프에 빠지지만 않았다면, 내가 그 글을 다 써서 원고료로 뒷주머니를 찰 수 있었을 텐데. 사고 싶은 물건 정도는 살 수 있는 사람이 되었을 텐데. 그런 후회.

백화점에 다녀오면 나는 억지로라도 책상 앞에 앉는다.

나 사고 싶은 향수가 생겼으니까.

오늘 백화점에서 봤어.

수입 향수인데 매진 임박이라고 했어 직원이.

언제 들어올지 모른대.

지금이 기회랬어.

난 기회를 놓치는 사람이 아니지.

혼자 중얼거린다.

그렇게 나는 글을 쓰기 시작한다. 사람들은 내게 묻는다,
어떤 힘으로 시를 쓰고 있냐고. 간단하다. 셈을 바꾸면 된다.
이렇게 손가락이 한순간도 쉬지 못할 정도로 40매 정도는
써야 향수를 살 수 있다. 이 글을 쓰고 있는 지금, 이 순간의
문서 통계로 보면 아직 30밀리리터도 살 수 없을 만큼의
노동을 했다. 원고지 매수는 곧 나의 소비로 직결된다.
그러므로 나는 성실하게 이 글을 쓰고 있다. 직업인으로서의
문학인은 이런 방식으로 존재한다.

얼마 전을 예시로 들어 보고 싶다. 나는 요즘 가장
힙하다는 더현대 서울에 다녀왔다. 웨이팅을 해야만 들어갈
수 있다던 그 백화점은 이젠 볼 사람은 다 빠지고 제법
한산해져 있었다.

아무 옷이나 주워 입고 나가려는데, 엄마가 어디
가냐고 물어보길래 솔직하게 '산책'하러 간다고 말했다.
산책을 신나게 즐기던 나는 더현대 지하 2층만 겨우 보고

나올 수밖에 없었다. 지하 2층에서 이미 28만 원을 썼기
때문이었다. 올라가면 올라갈수록 무언가를 더 살 것 같았다.
허겁지겁 버스를 타고 집에 갔더니 엄마가 양손 가득한
물건을 보고 '어디로' 산책을 갔냐고 물었다. 나는 의사의
처방대로 '제일 좋아하는 장소'로 가서 걸었다고 했다.
엄마는 "백화점에 갔구나." 하며 혀를 찼다.

　　보들레르에게 튈르리 정원 부지를 산책하는 즐거움이
있었다면 나에게는 백화점을 산책하는 즐거움이 있다.
백화점에는 꼭 소비 행위와 그 대상만 존재하는 것이 아니다.
서점도 영화관도 있다. 문화와 소비를 동시에 향유할 수 있는
진정한 즐거움이 거기 있다. 그리고 노동을 해야만 하는
이유도, 마감을 어기지 말아야 할 이유도 다 거기에 있다.
백화점에서 나는 생각했으며 고로 이 글은 존재한다.
　　누가 "괜찮아. 빚도 재산이야."라고 했던 말이 기억난다.
나에게 빚이란 별게 아니다. 곧 다음 달에 백화점에서 살
물건들을 뜻한다. 그리고 그것은 너무나 절박하기에 내가
글을 쓰는 용기와 바탕이 된다. 누군가는 글을 쓰는 이유에
영감이나 문학적인 자의식이 결여되어 있어 실망스럽다고
말할 수도 있겠다.
　　왜?

왜 시인은 꼭 자연과 아름다운 사랑과 같은 것에서만 영감을 받아야 하는가.

며칠 전 모르는 사람이 내게 그런 질문을 했다. 떨어지는 낙엽을 보고 시를 쓰냐고. 차라리 싸움을 보고 영감을 얻으면 얻었지 나는 그런 것으로는 영감을 얻지 않는다고 말했다. 그리고 덧붙였다.

"저는 제 일이 어떤 프로 의식을 가지고 하는 직업이라고 생각해요. '예술의 영역에 있는 직업'이요. 그렇기 때문에 최선을 다해서 마감 날까지 쓸 뿐이에요."

질문자는 어쩐지 나에 대해 조금 실망한 것 같았다. 본인이 생각한 환상이 무너졌다는 것이다. 그렇지만 어쩔 수 없다. 나는 시인이 직업이라고 생각하며, 쇼핑도 건강한 취미라고 생각한다. 문학과 쇼핑을 한자리에 두고 생각하는 일이 전혀 추하다고 생각하지 않는다. 이전에는 어쩐지 '예술가'라는 단어에 갇혀서 돈에 대해 말하는 것이 조금 부끄러웠으나 이제는 이 물욕이 글을 쓰게 하는 커다란 원동력임을 당당하게 밝히고 싶다.

이에 대해 나에게 영감을 준 윤여정 선생님의 이야기를 빼놓을 수 없다. 과거 토크쇼에서 강호동이 건넨 '어쩜 그렇게 파격적인 연기 변신을 했냐?'라는 질문에 담담하게 답한, '집에 공사 대금이 급히 필요했다.'라는 말. 나는 그 말에 큰 감명을 받았다. 처음으로 용기를 얻었다. '그래. 돈이 필요해서 예술을 했다는 게 뭐가 나빠?' 그래서 나는 이 종이 위에 솔직하게 선언하기로 한다. 사랑할 때? 혹은 사랑을 잃었을 때? 예술이 된다. 명백한 사실이다. 괴로울 때? 예술이 되기도 한다. 사실이다. 분노할 때? 잘 써진다. 예술이 된다. 사실이다. 그러나 어떤 부분에서는 정말로 돈이 필요하고 갖고 싶은 물건이 필요할 때. 그때도 예술이 된다.

아주 오래전. 시 쓰기 수업을 버거워하던 학생이 선생님처럼 꾸준히 써내려면 어떤 게 필요하냐고 물어본 적이 있었다. 그때 대답하기로는 과거의 내가 도움이 많이 될 거라며, 그냥 습관을 들이는 게 중요하다, 글쓰기 근육을 만드는 게 중요하다, 그래서 나중에 그것을 토대로 최선을 다해서 쓴다고 했다. 이 대답의 절반은 거짓말이다. 사실 나는 사고 싶은 게 많아서 매일매일 메모하고 매일매일 적는다. 그러니까 나는 너무 소비를 하고 싶기 때문에 늘 삶을 지저분하게 관찰하고, 섬세하게 포착한다. 이유는 앞으로, 앞으로, 다음 문장으로 나아가기 위해서다. 지금 이 글처럼 써야만, 써내야만 나는 다음 달의 물건을 살 수 있다. 그리고 그다음 달 결제 예정의 물건들은 오늘의 나를 바꿀 것이다. 내가 지금 책상에 앉아서 이 산문 원고를 완성한 것처럼.

쓰다가 한 생각

카드 고지서가 오는 그날은 정말 치사한 날이었다.

아니다. 지옥이었다.

한 사람이 맹목적으로 분노하고 다른 한 사람은 영문도 모르고 대역죄인이 되는.

내가 물었다.

"엄마 이럴 거면 왜 회사를 그만두라고 한 거야? 어떻게 사람이 사고 싶은 물건도 못 사고 먹고 싶은 것도 못 먹고 마시고 싶은 것도 못 마시고 참고 살아? 난 그렇게는 못 살아. 그걸 해야 난 시를 쓸 수 있을 것 같단 말이야."

"넌 참 핑계도 좋다. 그렇게 다 누리고 어떻게 시를 쓰니. 자고로 시인이란, 세상의 아픈 곳을 좀 매만지고 결핍도 있고, 그러면서 자라는 게 시인이지."

"요즘 그런 시인이 어딨어. 엄마부터 잘못됐어. 그러니까 사람들이 날 다 그렇게 보는 거야. 제발 나한테만이라도 작가가 가난하다는 그런 프레임을 덧씌우려고 하지 마."

"소호야 프레임이 아니라 너는 이제 진짜 가난해. 예전의 회사원

이소호의 씀씀이는 잊어. 내 돈으로 먹고 살잖아? 그럼 이 정도 구박은 당연히 감수해야 하는 거야. 정신 차려."

아무튼 우리는 계약을 했다. 2년은 엄마 카드로 살기로. 그러므로 나는 이 모멸을 버티며 써야만 했다. 엄마는 이 모멸을 버티게 되면 네가 이 시대 진정한 시인이 되는 거라고 했다. 그 말은 폭력에 가까웠다. 나는 골똘히 엄마의 머릿속에 시인은 어떤 사람일까, 엄마의 마음속에 시인은 도대체 어떤 모습을 하고 있는 사람인 걸까 생각했다. 강아지 똥도 사랑하면서 연탄재를 함부로 차지 않고 그가 내 이름을 부르기 전에는 이름도 없는 뭐 그런 사람인 걸까? 아 갑자기 아빠와 엄마가 결혼한 계기가 생각났다. 엄마는 도종환의 『접시꽃 당신』을 아버지에게 선물받고 결혼을 했다고 한다. 줄 수 있는 게 이 문장밖에 없고 밥 한 끼 못 사 주는, 미안해요 소리칠 수밖에 없는 불쌍하고 가난한 이용성 씨. 초라하지만 낭만적이었던 그것이 엄마에게 사랑이고 문학인 것이었다. 그래서 나를 이렇게 엄마가 생각하는 시인의 모습으로 거두어 먹이는 것이다.

말일이면 나는 다시 형광펜과 고지서를 들고 질질 엄마 앞으로 끌려간다.

자 설명해 봐. 김윤애가 누구야.

김윤애가 누구인데 여기서 이렇게 돈을 많이 썼어.

가끔 고지서로 이렇게 가게 사장님의 이름을 알게 된다.

이번 달에는 내가 김지용과 김윤애와 김재유에게 가장 많은 돈을 썼다.

　세 명의 김 씨에게 많은 도움을 주었다. 기뻤다. 하지만

　엄마는 경고를 줬다.

　"한 번만 더 내 눈에 김윤애라는 이름이 띄면 널 가만두지 않을

거야. 알겠니?"

　울며 겨자 먹기로 나는 답한다.

　"응 알겠어."

　당연히 거짓말이다.

네가 감히 나의 시가 된다면?

이 글을 자신을 시로 써 보라고 하던 모든 사람들에게
바친다.

내 인생이 시잖아

사람들은 시가 되는 순간에 대해서 대단한 오해를 하고
있는 것이 분명하다. 나와 친밀하거나, 친밀하지 않은 사이가
아니어도 내가 시를 쓴다는 사실을 알게 되는 순간부터 이런
이야기를 꺼낸다.

"내 인생이 바로 시라고, 아가씨. 그러니까 내 인생을 받아
적기만 하잖아? 그럼 아가씨는 분명 지금보다 좋은 시를 쓸걸?"

안타깝지만 아저씨는 내 시를 모르고 내 이름도 모르고 내가 어떤 문학을 지향하는지도 모른다. 내게 시에 대해 일장 연설을 하던 아저씨는 자신의 인생사를 길게 털어놓았다. 렉서스를 몰며 과거 멋진 사업을 했으나 친구와 지인에게는 사기를 당하고 가족들 친인척에게는 유산 상속 문제로 여러모로 절연당하다 지금은 택시를 운행하고 있다고. 나의 아버지도 은퇴 후 택시 운행을 하고 있고, 택시 운행을 업으로 삼는 경우라면 어디에서든 흔히 찾아볼 수 있지만, 무례한 그는 택시 기사 일을 마땅한 일과가 아닌, 마치 억울한 선택을 강요당하기라도 한 것처럼 여기고 있었다. 남들은 다 잠든 이 늦은 시간에 택시를 운행하며 온갖 미친 사람들의 기행을 받아 내야 하는데 이것이 시가 아니면 뭐냐는 것이다.

아저씨는 단단히 오해하고 있었다. 시란, 누군가의 기행이나 고난을 고대로 쓰는 것이 아니다. 나의 고난이 제일이지 않냐며 다른 슬픔을 보지 못한 채 처음 보는 사람을 붙잡고 긴긴 이야기를 털어놓는 것도 시가 아니다. 적어도 내 생각은 그렇다. 아저씨는 나에게 한참 자신의 이야기를 하다 말고 묻는다.

"그런데 아가씨는 이름이 뭐야?"

나는 답하고 싶지 않았지만 거짓을 말할 수 없었다.

"이소호입니다."

"이소호. 처음 들어 보는 무명 시인이구먼."

"예."

무명 시인에게 자신의 이야기를 늘어놓은 것이 영 마음에 걸렸는지, 풍경을 보라며, 요즘은 다 대도시에 물들어서 인간성을 상실했다며, 좋은 세상에 태어나 좋은 것만 가져서 잃거나 빼앗겨 본 경험이 없어서 그런 거라고, 시를 쓰기 위해서라면 남의 집에 가서 뒤치다꺼리라도 경험으로 해 봐야 하는 거라고 했다. 그는 "아가씨는 혹시 밥은 굶어 본 적 없지?"와 같은 이상한 질문만을 하다가 문득, 아가씨가 이렇게나 어려운 주제로 시를 쓸 수 있겠느냐고 물었다.

'시가 되냐고요 아저씨?'

그래서 나는 아저씨가 나에게 이딴 일이 시가 되냐며 폭력적으로 물었던 일을 오히려 시에 썼다. 그 시는 세 번째 시집 『홈 스위트 홈』의 수록작인 「택시 마니아」라는 작품이다.

이거 시로 쓸 거 아니지?

내게 죄를 지은 사람들은 이렇게 물었다.

"소호야, 혹시 이걸 시로 쓸 건 아니지?"

"여기서 어느 부분이 시가 된다고 생각하는 거야, 너는?"

나는 되물었다.

그는 아무 말도 하지 않았다. 무언가 말하면 본인이 더 불리해진다는 것을 직감적으로 알고 있다는 것만큼은 틀림없었다. 그래서 나는 다시 되물었다.

"여기서 어느 부분이 시적이라고 생각하는데?"

"너는 시로 고발을 한다며."

내가 시사 고발을 할 거였다면 가장 사랑하는 시사 프로그램 「그것이 알고 싶다」 작가가 되기 위해 노력하며 살았을 거다. 안타깝지만 나는 시로 뭔가를 고발하려고 써 본 적이 없다. 여기에 다시 확실하게 적는다. 나를 알거나 모르는 이들이여, 너는 나에게서 시가 될 가치가 없다. 나에게 시란, 인생에서 시선을 고이 두고 오랫동안 툭 잘라 기억하고 싶은 한 장면을 뜻한다. 그것이 비극일지라도 나는 필요하다면 잘랐고, 세밀하게 관찰했고, 그 시선을 단 한 차례도 두려워하지 않았다. 그렇기 때문에 내 시는 모났다. 불편했다. 그리고 가끔은 아름다웠으며, 처연했다. 하지만 내 시를 설렁설렁 읽거나, 내 시에 대해 오해하거나, 시인이라는 직업에 대해 오해하는 인간들을 만나면 항상 고난을 겪는다. 그들은 나에게 이렇게 말한다.

"나는 언제 시로 써 줄 거야?"

별 볼 일 없는 너는 시가 될 리가 없다. 전혀. 당신이 시가
되려면, 나에게 충격을 주거나, 아니다, 충격으로 시가
되는 일은 옳지 않다. 나는 당신을 하나의 장소나 사건으로
기억해야 한다. 그렇게 지은 시로는 「네가 살지 않는
상하이」나 「루즈벨트 아일랜드」 같은 것이 있다.

시가 되는 순간

루즈벨트 아일랜드

빛 속에서 그늘을 들쳐 업고 너와
섬에서

물담배 피우고 싶다. 글라스로 와인 한 잔을 시키고 시에
대해서 이야기해 주고 싶다. 그럼 넌 내 눈을 보고 그림 이
야기를 하겠지. 여러 개의 시선이 뒤섞인 세잔에 대해서.
세잔을 말할 때 반짝이던 네 눈에 대해서, 쓰겠지. 좁은 캔
버스에 갇힌 검은 침대와 컵과 흰 장미를. 한 쌍의 브래지

어를 우리에게 채우는 나라에 대해서. 그럼 우린 왜 이 순
간이 위대한지 말하겠지. 우린 섬에서 또 다른 섬에 가 눕
겠지. 사람들의 눈을 피해 네 방에 앉아서 맨해튼을 바라보
겠지. 내일은 그랜드 센트럴에 가서 우리 주니어스 치즈케
이크를 먹자. 먹으면서 왕가위 영화를 보자. 이랑의 노래를
듣자. 듣키지 말자. 그리고 우리 참 지질하다고 웃겠지. 목
에 커튼을 걸고 거울 앞에 서서 우린 잘 어울린다고 말하겠
지. 이렇게 사랑하는데 어째서 사랑이 아니야?

웃겠지

내가 돌아가는 그날은 눈이 아주 많이 왔다고 네가 그랬다.
뉴욕에 있는 사람들 그 누구도 집 밖으로 나가지 못했다고
그랬다 네가.

그 장소에, 그 자리에 머무른 그들은 너무나 아름다웠다.
그들은 그 자리에 있는 그 자체로 너무 아름다웠다.
외국이어서가 아니었다. 나는 혹은 그는 나를 사랑하였으나
미래가 없는 사랑이라는 건 눈치가 빠른 누구라도 알 수
있다. 예술가라면 더 쉽다. 한쪽이 아무것도 모르고 이
계절을 차분히 이어 나가며 "우리 만날래요?" 물었을 때 선뜻

"네." 대답을 하면서도 아 이것이 마지막 긍정의 대답이라는 것을 누구라도 예감할 수 있었다. 그래서 당신은 그날 나의 시가 되었다. 우리는 고립되어 있었고, 섬이었고, 눈이 무척 내렸고 내 비행기표가 단 하루라도 늦었다면 나는 지금 그 사람의 부인으로 살고 있을지도 모를 일이다. 지금 생각하면 가슴을 하루에 열두 번도 쓸어내린다. 나는 사랑을 선택하지 않은 덕에, 단 하루의 차이로 뉴욕을 탈출한 덕에 유명한 시인이 되었다. 그에게 "유명한 시인이 되어서 뉴욕에서도 내 이름을 알게 할 거예요." 다짐했던 것처럼.

그는 지금 우리의 대화를 다 잊어버리고 말았겠지만 시인이라 좋은 점은 이 모든 슬픈 기억을 내가 다 짊어지고 있다는 것이다. 한 권의 책 안에 한 권의 사람이 한 권의 글이 되어 그 사람과의 그 순간을 기억하고 있다.

시가 되는 순간은 그래서 무척이나 단순하다. "나는 언제 써 줄 거야?" 물었던 사람들, 내가 생각하는 시는 네가 아니다. 너는 영원히 시가 될 수 없다. 나는 아주 어렸을 때 절대로 될 수 없는 것에만 '영원히'라는 수사를 붙이라고 배웠다. 그러므로 여기에는 확신하여 붙일 수 있다. 너는 영원히 시가 될 수 없다.

내가 생각하는 시는 굉장히 슬퍼야 한다. 너무 슬퍼서 몇

번을 같은 문장을 읽고 읽고 읽으며 심연으로 깊게 잠영해야
한다. 혹은 화자가 처한 상황이 너무 재미있어서 다음 장으로
계속하여 넘길 만큼의 매력이 있어야 한다. 문장과 문장
사이의 작은 호흡에 나의 상상력을 끼워 넣을 수 있어야
한다. 시란 그런 것이다. 그러나 너는 입체적이지 않다.
평면적이고 평범하다.

　어제는 을지로에서 먹태를 씹는데 옆 테이블에서
아저씨가 '아가씨는 무슨 일을 하는데 이 시간에 술을
먹냐.'길래 그냥 '프리랜서'라고 대충 대꾸하고 말았는데도
자꾸자꾸 집요하게 물어봐서 결국 '글 쓴다'고 했고, 글
쓴다고 했더니 자기도 시를 쓴다나 어쨌다나 하더니 내
이름을 막 찾아보았다.
　"아가씨는 무슨 함축이라고는 뭣도 없는 시를 쓰는구면?"
한 소리를 들었다.
　그러더니 연설이 시작되었다.
　"아가씨 내 시절에는 말이야, 진짜 시는 이런 게 아니었어."
　"진짜 시는 뭔데요?"
　"시인이라며 그것도 몰라? 말 몇 마디 안 해도 사람 마음
울리는 그런 거 있잖아."
　"말 많이 하고도 울릴 수 있어요."

"그러니까. 그게 낭비라는 거야. 다 가짜라고."

진짜 시가 있으면 가짜 시도 있다는 건데 그럼 내 시는 가짜인가? '시'라는 순간을 과연 누가 가짜와 진짜로 구분할 수 있을까? 먹태나 씹으며 아저씨 소리를 한쪽 귀로 듣고 다른 한쪽 귀로 흘리기를 시전하고 있던 내 테이블에 아저씨는 돈 2만 원까지 쥐여 주고 가며 말했다.

"시 쓰면 가난하니까 아가씨 술값에 보태 써."

시를 쓴다고 하면 사람들은 어디까지 무례해질 수 있는 것일까?

나는 그동안 내가 겪었던 수많은 무례를 떠올려 본다. 생각할수록 그때 뭔 짓이라도 저지르지 않은 것이 후회가 될 이야기들뿐이다. 일부의 일부는 그래, 서정이 아닌 것은 막장으로 본다. 나도 서정 쓸 줄 안다. 다른, 서정을 잘 쓰는 시인보다 못 쓰니까 안 쓰는 것뿐이지. 내가 사레 들려 기침이라도 하면 곧 결핵이나 매독에 걸려 죽었다 해도 믿을 것처럼 나를 처연히 보았다. 내가 보기엔 요즘 사람이나 요즘의 삶을 면밀히 살피지 못하는 당신이 더 불쌍했는데. 그럼 누가 시인인 걸까? 을지로 먹태 아저씨의 말처럼 가짜와 진짜란 뭘까. 진짜 문장을 쓰려면, 어떤 것이 시가 된다고 당당하게 말할 수 있을까?

그리고 그것을 구분하는 것이 가능한 일인가?

첫 마음

처음 시를 쓰던 시절을 떠올려 보고 싶다.

공부에 영 재능이 없던 나는 무주군에서 열리는 전국
단위의 백일장에 자진하여 나갔다. 시는 전혀 쓸 줄 몰랐고
아는 거라곤 교과서에서 본, 나라 잃고 목숨을 위협받던
'진짜' 슬픈 시인들의 시들이 전부였는데, 오히려 아는 게
없어서 그랬는지 몰라도, 한 네 줄 정도 쓱쓱 쓰고 밖으로
나와 놀고 있었다. 그리고 몇 시간 뒤 놀고 있던 나에게
들린 소식은 백일장에서 2등을 했다는 거였다. 학교에서도
집에서도 난리가 났고, 난생처음 보는, 지역의 한 중년 여성
시인이 나의 손을 꼭 잡으며 내게 그랬다.

"경진 양. 꼭 시를 쓰세요. 시가 너무 좋아요."

그 말이 아니었다면 나는 지금 여기까지 오지 않았을
것이다.

근데 시가 뭔지도 모르고 썼던 그 글이 시였다면 진짜
시는 무엇이었을까?

그때 내가 썼던 시는 솔직히 제목조차 생각이 나지
않는다.

단 한 문장만 생각이 나는데 그것은 "8월의 별 하나"라는

아주 평범한 문장이었다.

처음으로 돌아가 물어보고 싶다.

나는 그때 그 중년 여성 시인에게 묻는다.

"제가 쓴 것이 시인가요?"

"그럼요, 시죠."

"시가 뭔지도 모르고 태어나서 처음 써 본 건데요?"

"마음을 다해서 썼잖아요. 마음을 움직이는 뭔가를 쓴 거잖아요. 그게 시예요."

2004년 무주 반딧불 축제 백일장 심사를 보았던 그 여성 시인을, 나는 아직도 찾고 있다.

그 시인은 아주 잠시 나와 대화를 나누었을 뿐이었겠지만, 내게는 시가 무엇인지, 시를 어떻게 쓸 수 있는지, 어떤 식으로 무엇이 시가 되는지 배웠던 아주 강렬한 순간이었다.

시인인 내게 쏟아지는 개소리들을 다 걷어 내고 다시 처음으로 돌아가 생각해 보고 싶다.

진짜 시가 되는 순간은 혹시, 나도 눈치채지 못하던 순간들은 아니었는지.

그냥 마음이 닿아서 그냥 그렇게 쓰였다고.

실은 아무 이유는 없었다고.

쓰다가 한 생각

나는 아주 오래전부터 '씨발문학'에 대해 말하고 싶었다. 이 글은 오늘 무언가 쓰지 않으면 견딜 수 없는 어떤 충동적인 문학에 대해 이야기 하고 있으므로 두서없이 내 의식의 흐름대로 적어 보겠다. 비속어이긴 한데 인터넷 용어로 '씨발비용'이라는 말을 아마 다들 들어본 적이 있을 것이다. 욕 나올 정도로 불쾌한 일이 생겨 얼결에 과소비하는 행위를 뜻하는데, 문학에도 그런 것이 있다고 나는 믿어 의심치 않는다.

'씨발문학'

이름은 상스럽지만 결과물은 결코 상스럽지 않은 나의 문학들.

그리고 나의 시, 산문은 대부분 '씨발에너지'에서 비롯된다.

씨발은 시발점이 된다.

씨(시)발문학은 적절하게 분노를 문학으로 되돌릴 수 있다. 다만 분노가 마음속에 일렁일 때마다, 지금 닥친 그 분노로 글을 쓰려는 행위는 절대적으로 멈추어야 한다. 절대로 분노의 칼을 그 사람에게 겨누어서는 안 된다. 그럼 화자와 나의 거리 조정에 실패하는 것이다. 엉망진창인 나의 어떤 신세 한탄에 불과한 글을 쓸 수밖에 없는 것이다. 문학에 나오는 '우리'에게도 어떤 권태기의 연인 같은 냉각기가 필요하다. 그러므로 진짜로 그 글을 쓰게 한, 나를 책상에 앉게 한 그 사람에 대해서 쓸 수 있게 되는 것은 머나먼 일이다.

대부분 쓰게 되는 것들은 시발점이 된 그 일 이전에 메모로 잠자고 있던 그들이다.

가장 최근에 한 메모와 가장 이전에 한 메모를 보자.

나는 지금 무엇에 화가 나 있는가?

나는 지금 무슨 생각을 하고 있는가.

이것은 시가 될 수 있을까 혹은 산문이 될 수 있을까.

나는 나의 문학으로 누구를 때릴 수 있을까.

아니면 내가 도리어 얻어맞을 것일까.

사실 이 일을 쓰는 일은 스스로가 스스로를 때리는 일에 가깝다. 그 생각을 떠올려야 하니까. 그 슬픔은 언제나 나를 치고 돌아온다. 돌아오면서 좋은 이야기도 듣지 못한다.

이게 공감이 가겠어?

네 이야기는 너무 세.

폭력적이야.

끔찍해.

알고 싶지도 듣고 싶지도 않아.

그러나 누군가는 그렇게 말한다.

용기를 내 줘서 고마워요.

단숨에 읽었다.

눈물이 나서 나눠 읽었다.

여러 번 읽어도 아깝지 않았다.

그 말들 때문에 나는 글을 쓴다.

앞의 말들 때문에도 쓴다.

끔찍한 역사도 마주하기 힘든 역사도 개인의 역사도 필요하다.

다시 반복하지 않으려면.

나의 라이브 커머스 입문기

　내가 이마트에서 물건을 사 달라고 자지러지게 조르자
아빠는 이렇게 물었다.
　"우리 딸은 나중에 뭐가 되려고 사는 걸 저렇게
좋아할까?"
　그러자 엄마는 아빠의 옆구리를 툭 치며 말했다.
　"내버려둬. 저것도 다 한때야. 저러다 말겠지."

　이제부터 나의 아빠와 엄마가 나의 소비 욕구를 그냥
놔두었던 결과, 보통의 사람이 소비 요정으로 '레벨업' 하게
된 과정을 적어 보겠다.

Lv.1 이소호

퀘스트

☞ 부산광역시 문구점,
마트, 백화점에 들러
100만 캐시 이상 사용.

보상: XP 1,000,000 획득

문구점: 9만 캐시
마트: 25만 캐시
백화점: 62만 캐시

- -

XP 1,000,000 획득!
온라인 쇼핑몰 맵 오픈!

- -

[축하합니다! Lv. up!]

온라인 쇼핑몰로 이동

LOADING.....

Lv.2 이소호

퀘스트

☞ 온라인 쇼핑몰에서
1000만 캐시 이상 사용.

보상: XP 10,000,000 획득

쿠팡: 480만 캐시

무신사: 563만 캐시

EQL: 47만 캐시

인터파크 티켓: 121만 캐시

번개장터: 36만 캐시

크림: 225만 캐시

XP 10,000,000 획득!

라이브 커머스 맵 오픈!

[축하합니다! Lv. up!]

커뮤니티에 오신 것을 환영합니다.

❗ 라이브 커머스 맵 오픈 이상자만 이용 가능

　　무려 쇼핑력 레벨 3이 된 나는 때마침 SNS의 신세계를 경험하고 있었다. 나에게 인스타그램이란 거대한 광고판의 알고리즘이었다. 마치 이런 것이다. 나는 스마트폰이 일상생활의 목소리를 수집하고 있다는 음모론에 꽤나 동조하고 있는데, 예를 들어, 내가 '다이어트'에 대해 검색도 해 본 적 없이, "요즘 살 찐 것 같아 고민이야."라고 친구에게 이야기하는 것만으로도 그다음 나의 광고 피드는 전부 다이어트 보조제나 운동기구로 가득 차 있는 식이다.

　　마치 제2차 성징처럼 나의 쇼핑 일대기는 인스타그램을

알기 전후로 나뉜다. 말하지 않아도 모든 것을 꿰뚫어 버리는 시스템에 무장해제된 이후로 내 삶은, 통장은, 영원의 연속인 영영영원이었다.

그거 알지 모든 숫자에 영을 곱하면 영인 거.
네가 영원히 가난한 이유야.
물건을 사면서 나는 그렇게 생각했다.

하지만 이것은 시작에 불과하다. 레벨 3은 알고리즘이 선택해 준 물건을 사는 것에 만족하지 않는다. 평소와 다름없는 날이었고 인스타그램 친구들의 스토리 사이에 낀 광고를 넘기고 있을 때, 알고리즘이 얼마 전 동묘에 다녀온 나에게 빈티지 숍 광고를 보여 주었다. 나는 홀린 듯이 '더 알아보기'를 눌렀고 그저 호기심에 더 알아보려던 나는, 그만 라이브 커머스 중독이 되고 만다.

우선 나는 평일 오밤중에 무려 700여 명이 라이브 방송을 본다는 사실에 경악했고, 그다음은 셀러의 '말빨'에 또 한 번 놀랐다.

언니들 지나간 가방은 돌아오지 않아. 집중. 상세 보고 싶으면 카톡 채널로 문의 주시고요. 오늘 특별히 역대급 노마진이라 노저장으로 날릴 거예요, 요 아이 대장템, 아니다, 선물템으로 가져왔고요. 감정 거쳐서 더스트에 박스까지 풀 구성이라 스피드전 예상되어 가격 공개 후 바로 솔닷 예상되고요. 보시다시피 이염 하자 없고요. 상태감 좋고요. 프라다 블랙 백팩이 얼마? 우리 고정가 얼마? 칠오. 근데 내가 오늘은 특별히 머리에 꽃 달고 날려 줄게. 칠삼에 이 정도면 짭보싸인 거 우리 언니들은 알죠? 형아들도 멜 수 있는 낙낙한 라지 사이즈니까. 자 캡처. 여기서 틱탁하면 노양심이야 언니. 알지? 그러니까 맘에 끌리는 거 있음 나 믿고 바로 잡아 가세요.

솔닷이요.

알아듣지도 못할 단어들의 홍수 속에서 마치 쇼츠 여러 개를 보는 듯 빠르게 진행되는 라이브 커머스에 놀라고 말았다. 물건을 짧은 시간 안에 최대한 많이 팔고자, 셀러 한 사람이 말하다 지치면 바로 다음 셀러에게 카메라를 넘기는 식이었고, 물건이 팔리자마자 바로 '솔닷!'이라고 외치는 것을 보다 보니 어느 순간 나도 초조해지기 시작했다. 그렇다고 초보자임이 여실히 드러나는 사소한 질문을 하나라도 잘못하면 700여 명의 라이브 시청자들이 나에게 화를 낼 것이 뻔했다. 이미 이 라이브를 오래 본 사람들은

'짬'이 있어서, 셀러가 말하기도 전에 알아서 가격 정리를 해 주는 등, 여러 일을 도맡아 하고 있었다.

알아듣지는 못하겠고, 셀러가 들고 있는 물건을 들여다보고 있자니 필요도 없었던 물건이 나도 당장 가지고 싶고, 그런데 말은 못 알아듣겠고 정말 미치고 팔짝 뛸 노릇이었다. 마치 과천 경마장에 잘못 내린 사람처럼 나는 혼란 속에서 물건을 지켜봐야만 했다.

맞다. 온라인에는 몇 가지 룰이 있는데, 나는 '닥눈삼'을 가장 좋아한다. 닥치고 눈치껏 3일 지켜보다 알아서 이곳 분위기에 스며들라는 이야기인데, 나는 이것이 어떤 커뮤니티나 소셜네트워크에서 활동하는 데 필요한 태도인 줄로만 알았지, 물건을 사는 데도 필요할 줄은 몰랐다. 고로 재빨리 적응해야 하는 것이 상책임을 깨달았다.

나는 그다음의 찬스를 노리기 위해 3일간 라이브 커머스를 떠나지 않았다. 덕분에 나는 라이브 커머스에 숨겨져 있는 생소한 룰을 발견했다. 우선 손님이 왕이라는 생각은 버려야 한다. 필요한 물건은 셀러가 가지고 있고, 그 특이한 (혹은 저렴한) 물건을 가지기 위해서는 셀러에게 매달려야만 한다. 셀러에게 매달리면 태그 가격에서 할인된 가격으로 물건 가격을 부르는데 이때 메모를 잘 해 두지 않으면 안 된다. 가격은 두 번 물어보면 화를 낸다. 마음에 들면 해당 방송을 캡처한 뒤 카카오톡으로 가서 문의하기를 해야 하는데, 과도한 질문은 삼가, 상세를 보지 않고 사면 교환, 환불 안 됨. 그러나 상세 사진을 보다가 다른 사람이 그사이에 바로 물건을 구매하겠다고 하면 그건 어쩔 수 없는 내 탓. 결제창까지 가서 사겠다고 하고 철회하면 그날 나는 그곳에서 두 시간 동안 쉼 없이 나오는 물건을 살 수 없다. 빠르지 않으면 놓친다는 거고, 규칙을 지키지 않으면 벌칙을 받는 것이다.

쇼퍼에게 이보다 가혹한 일은 없다. 살 수도 없는데 벌칙까지 있다니……. 나는 물건을 사고 싶었을 뿐인데 불평등조약에 울며 겨자 먹기로 서명하는 기분까지 들었다. 어쩌겠나. 물건을 원하면 라이브 커머스의 법칙을 따르는 수밖에. 쇼퍼가 물건을 드는 그 순간에 살지 안 살지 모르지만 일단 냅다 캡처부터 하고, 가격을 말하는 순간 카카오톡에 문의부터 해 둬야 하나라도 건질 수 있다. 기본 호칭은 어딜 가나 '언니'다. 남자 셀러도 다 '언니'라고 불러 준다. 남자 구매자는 '형아'다. 이제는 앞서 보았던 셀러의 외계어를 하나씩 풀어 읽을 수 있는 경지까지 도달했다. 함께 복습해 보자.

손님들 여기를 보세요. 오늘 기회를 반드시 잡으셔야만 하는 가방입니다. 똑똑히 봐 주세요. 제품의 상세한 상태를 보고 싶으면 카카오톡 채널로 문의 주시고요. 오늘 특별히 역대급 세일이라 마진을 남기지 않기 때문에 이 방송은 저장하지 않겠습니다. 이 물건, 준비한 최고의 메인 상품, 아니다, 거의 제가 손님께 선물한다는 마음으로 저렴한 가격에 가져왔고요. 명품 감정 거쳐서 더스트백에 박스까지 풀 구성이라 제품 조기 소진이 예상되어 가격 공개 후 바로 판매 종료가 예상되고요. 보시다시피 이염 하자 없고요. 상태감 좋고요. 프라다 블랙 백팩이 얼마? 단골이라면 고정가 75만 원이라는 것 아실 텐데요. 75만 원. 근데 오늘은 더욱 저렴하게 팔게요. 73만 원에 이 정도면 가짜보다 싼 거 우리 언니들은 알죠? 형아들도 멜 수 있는 넉넉한 라지 사이즈니까. 자 캡처. 여기서 해 달라고 하면 양심 없는거 알죠? 저를 믿고 맘에 끌리는 거 있음 바로 가져가세요.

셀러들은 말만 빠르게하는 것이 아니다. 물건이 하나씩 나갈 때마다 인터넷 밈으로 드립도 치고, 춤을 춰 주기도 했다. 오랫동안 보며 느낀 점은 최첨단의 인터넷 밈이 다 그곳에 있고, 틱톡에서 가장 뜨고 있는 콘텐츠가 거기에 있었다는 것이다. 트렌드를 읽으며 작가 생활을 해야 하는 나로서는 물건을 사러 왔다가 최첨단의 밈이나 챌린지까지 알게 되었다.

그래. 이거였다.

사람들이 온라인 홈쇼핑을 떠난 이유가 바로 여기 있었다. OTT로 넘어간 탓도 있겠지만, 이곳은 쇼핑계의 신대륙이었다. 여기서 사면 정가보다 저렴하게 구입하는 것도 가능한 동시에 물건을 사면 셀러가 재미있는 이야기도 해 주고 춤도 춰 주는데 신이 안 나겠나. 그리고 한 업체에서 계속 꾸준히 사는 사람들의 아이디는 셀러가 특별히 기억해서 마치 오마카세처럼 '오직 그 한 사람을 위한 추천템'을 줄줄이 소개해 주는 특혜도 볼 수 있다. 백화점에서 누릴 수 없는 혜택을 온라인에서 누리는 것이다.

이걸 왜 아냐고? 내가 한 업체에서만 물건을 500 이상 태워 봤거든.

그것도 빈티지로.

이젠 내가 요청하지 않아도 그들이 내 취향을 저격해서 가져온다.

그리고 내가 인스타에 댓글 달지 않아도 나를 찾는다.

"이리 언니? 오늘 왔어요?"

레벨 3으로 성장한 나는 라이브 커머스로 산 빈티지나 프라다 가방 등을 받아 보며 무척이나 만족스러웠다. 새

상품이 아닌데도 쇼핑 실패율이 줄어든 것이다. 이제 인스타디엠으로 문의하는 시대는 갔다. 합장 이모티콘이 붙은 '저희는 기계가 아니세요. 고운 말과 따뜻한 안부 인사를 시작으로 문의해 주세요.'라는 말을 마주해야 하거나 물건의 상세 이미지를 보려면 셀러의 심기를 거스를까 노심초사하는 시대도 갔다. 문법이 다 틀린 괴이한 존대어로 답장받는 일은 현저하게 줄어들었다. 라이브 커머스는 팬데믹 때 물건을 직접 보고 살 수 없으니까, 더 꼼꼼하게 보고 싶은 사람들이 만든 새로운 쇼핑 방식으로, 그야말로 천재적이다. 홈쇼핑과는 다르게 쌍방향으로 원하는 지점이 있으면 바로 수용이 가능하기도 하니까. 물건을 사면서 생각했다. 이렇게도 단골을 만들고 이렇게도 판매가 되는구나. 그러다 문득, 나는 한 가지 사건을 떠올렸다.

팬데믹 시기, 때는 내가 막 두 번째 시집『불온하고 불완전한 편지』를 냈을 때였다. 독자를 만나지 못해서 문학 행사를 하지 않을 때였는데, 나는 행사가 아니라 작가이자 셀러로서 독자를 만난 적이 있었다. 작가들 대부분 자기 책을 생방송으로 파는 그런 일은 해 본 일이 없겠지만, 나는 어떻게 된 영문인지 두 번이나 해 봤다. 한 번은 내가 강의를 하던 '비밀기지'라는 문화 공간에서 진행했고 다른 한 번은 네이버 쇼핑에서 진행했는데, 그때 무엇보다 힘들었던 것은 책에 대해 설명하는 일뿐만 아니라, 이 책을 쓴 나라는 사람에 대해서도 어필해야 한다는 점이었다. 그래도 어디 가서 말을 잘 못한다는 소리는 못 들어 봤는데, 살면서 그렇게 곤욕스러웠던 적은 처음이었다. 화면 너머에 존재해 보이지도 않는 사람들, 심지어 시집은 처음 읽어 본다는데, 그렇다면 혹시 내 시집이 충격이 될까 그 선도 지키면서 설명해야 했고, 그게 또 장황하면 안 되었고, 시간도 지켜야 하고, 구성 의도까지 이야기해야 하니 보통 힘든 것이 아니었다. 또 시집이라는 특성상 줄거리를 알려 줄 수도 없고, 내 시집에서 멋진 문장 두 문장만 뽑아서 맛보기로 읽어 줄 수도 없는 노릇이었다.

그야말로 여러모로 환장할 만한 노릇이라 '비밀기지'에서는 보따리장수처럼 엉망진창으로 이야기했는데, 그렇게 보따리장수처럼 엉망진창 뱉고 나니, 내가 누구인지도 모르는 시청자가 무려 50명이나 들어와 있었다. 이 숫자는 내가 개인적으로 라방을 해도 안 나오는 동시 접속자 수라 순간 너무 신기했다. 즐거웠다. 친구들이랑 수다 떠는 기분이었으니까. 그 친구들은 당연히 시집은 많이 사지 않았다. 그냥 무료한 시간에 내 이야기를 들으러 온 것 같았다. 오히려 시집을 많이 주문해 준 곳은 네이버

라이브였는데, 문학에 관련된 진지한 이야기들을 했더니,
라이브 커머스로 23권이나 주문이 들어왔다는 것이다. 나는
방송이 끝나자마자 오늘 주문한 분들에게 서명을 했다.
책에 관련해 이런저런 질문을 하던 독자들을 위해. 23권에
서명하면서 "이게 독자들에게 가닿는다니 믿어지지 않아요."
그런 말을 중얼거렸던 기억이 난다. 후에 팬데믹이 모두
끝나고 얼굴과 얼굴을 마주할 수 있는 시기가 다가오자 한
독자가 내게 말을 걸었다.

　"저 그때 라이브 커머스로 시인님 시집 샀어요."

　너무 놀라 "아니 그걸 산 사람을 전 처음 만나요!"라고만
말했던 것 같다. 고마움을 많이 표현하지 못했는데, 이
자리를 빌려 말하고 싶다.

　"너머의 독자 선생님. 고맙습니다."

　이렇게 셀러의 삶도 살아 본 적 있었으면서 나는 왜
망각했을까. 휴대폰 너머의 시청자를 사로잡는다는 것은
얼마나 어려운 일이던가. 저들이 왜 말을 빨리 해야 하는지,
왜 자꾸 다음 상품을 빠르게 보여 줄 수밖에 없는지 나는
잠시 잊고 있었다. 사람의 시선을 사로잡는 것은 물론
시간까지 통솔하려면 정말 많은 효과가 필요하다. 다양한
화면 전환과 시시각각의 소통을 통해, 융통성 있게 물건을

가져오고 빼는 센스. 그리고 순대 사이 간처럼 중간중간 넣는 사담까지.

　　내가 셀러에게 빠져 쇼핑을 하게 된 이 이유를 미리 알았더라면, 그때 내 시집이 라이브 커머스로 더 많이 팔렸을까? 잘 모르겠다. 확실한 건, 그걸 알게 된 지금은 전보다는 분명히 잘할 수 있을 것 같다는 것이다. 역시 중간이 좋다. 정중한 문학과 막 나가는 내가 가운데서 아슬아슬하게 줄타기를 한다면. 그래서 나도 라이브 커머스로 내 책을 한번 표기 가격에서 마음대로 날려 볼 수 있다면. 대장템과 선물템을 바리바리 이고 지고서. 시집이 12,000원 산문집이 16,000원인 이 시대에 10,000원에 13,000에 노저장 노마진으로 날려 보고 싶다. 날리면 몇 명이나 잡을까. 레벨 3의 모험과 공상은 현재도 진행중이다.

살말과 쓸말

친구에게 메시지가 왔다.

원피스 사진이었다.

늘 그렇듯 계산대 앞에서 친구는 사진을 찍어 보냈다.

'15만 원임. 미치겠다 진짜. 살말?'

나는 답한다.

'15? 특이하긴 한데 퀄에 비해 좀 비싼데, 내일 대답해 줘도 돼?'

친구는 그에 다시 답한다.

'왜?'

'왜냐고? 나는 정말 사고 싶은지 아닌지 내일이 되어야 알 수 있어. 그 물건이 꿈에 나오지 않으면 사지 않거든. 그러니까 너도 하루 참았다가 꿈에 나오면 반드시 사.'

사람들은 내가 물건을 많이 산다는 이유 하나만으로 어떠한 기준도 숙고도 없이 욕구를 소비로 곧장 드러낸다고 생각하는데 그것은 사실이 아니다. 내가 물건을 사는 데는 몇 가지 기준이 있다.

하나, 어디서도 보기 어려운 디자인.

둘, 소유만으로 가치 있을 것.

셋, 이 물건을 가져야만 하는 절실함이 있을 것.

이 세 가지를 모두 충족시켜야 물건을 산다. 나에게 물건은 유용하거나 무용한 것으로 나뉘지 않는다. 오로지 특이해서 남들이 "이건 어디서 샀어?" 되물어볼 만큼 디자인적으로 가치가 있거나, 기이한 것이어야 했다.

단적인 예를 들면, 이름을 난생처음 들어 본 어떤 공예가의 백자 화로를 현금 박치기로 사 놓고, 배송이 온 그대로, 에어캡에서 단 한 번도 꺼내지 않고, 심지어 쓰임새도 몰라서 오로지 4년째 간직만 하고 있더라도, 내가 꼭 가져야 한다고 생각하면 산다. 물론 여기서 가장 까다로운 기준은 세 번째다. 사실 가격이 어느 정도 납득 가능하고, 앞선 두 가지 기준을 충족하면 '아뭇따' 바로 구매로 이어지지만, 안타깝게도 나는 뛰어난 안목 탓에 예쁜 바지의 가격표를 뒤집어 보면 150만 원이라는 경악할 만한 결과를 마주할 때가 많다. 그래서 한 가지 추가한 조건, 바로 꿈에서 나오면 산다는 것이다.

예전 철학 교양 시간에 꿈은 무의식에 잠재된 한 인간의
욕망을 드러내는 것이라고 배운 적이 있다. 꿈은 예언이
되기도 하며 데자뷔가 되어 지금의 녹록지 않은 현실을 두
번 사는 느낌을 들게 하기도 하며, 이와 함께 내가 새로 써
내려가는 하루가 너무나도 평이하다는 생각이 들 정도로
묘한 기시감을 들게 하기도 한다. 나의 꿈은 아름답지도
시적이지도 않다. 어떤 작가들은 꿈 일기를 써서 그걸 시로도
바꾼다는데, 나는 꿈에서 시를 생각할 겨를이 없다. 나는
욕망이 아주 많은 인간이므로 어제 본 옷을 입고 테헤란로의
복판을 걷는다거나 하는 아주 사소한 풍경으로부터 꿈이
시작되고는 한다. 욕망은 자주 바뀌고 사고 싶은 물건은
많으므로, 꿈속에서 나의 모습은 매우 다채롭다. 어느 날은
유리로 만들어진 빨간 사과 문진을 쓰다듬는 꿈을 꾸고, 어느
날은 150만 원이 넘는 리코 카메라를 들고 꿈속의 세상에
눈을 맞대어 보기도 한다.

그리고 그 꿈은 쉽게 이루어졌다.
소비 요정이 되는 것은 시인이 되는 것보다 쉽다.
시인이 되려면 재능과 운과 시기 등 여러 가지 조건이

필요하지만 소비는 빠른 정보력과 구매력만 갖추면 되니까.

　가장 쉽게 꿈을 이루는 방법은 단 하나,

　물건을 내 것으로 만드는 것이다.

　몇 주 뒤 다시 만난 친구는 결국 꿈에 원피스가 나오지 않아 돈을 아꼈다고 내게 고맙다고 했다. 하지만 친구가 모르는 비밀을 말하자면 그 원피스를 골라 주던 나는 꿈에서 그만 내가 그 원피스를 입은 채 백화점을 거닐고 말아 15만 원을 써 버렸고 꿈에서 욕망하던 것처럼 현실에서 신상을 갖춰 입은 마네킹 사이를 걸어 집으로 돌아왔다.

　이처럼 나는 나만의 규칙에 의해 삶을 살아 낸다.

　정제 탄수화물은 먹지 않으며, 하루에 5번 이상 몸무게를 재며 400번의 스쿼트와 4킬로미터의 러닝을 한다. 이건 나의 루틴이다.

　시 얘기를 해 볼까.

　내가 물건을 살 때만큼이나 명확한 기준이 있는 대상 하나를 자신 있게 말하자면 바로 '좋은 시'의 기준이다. 시를 쓰고 시인이 되면 다음 시집에 관한 계획만큼이나 무엇이 좋은 시인지에 대한 질문을 많이 받게 되는데 이제 와

고백하자면 초창기에는 이 질문에 대해 뭐라고 말해야 할지
몰랐다. 그래서 인터뷰마다 말이 바뀌었고 수업을 할 때마다
학생들에게 이것이 좋다고 했다가 또 저것이 좋다고 말을
바꾸기도 했다. 좋은 걸 그냥 좋다고 하지 뭐라고 말하나
그런 생각이 들어 답답하기도 했다.

　사실 그보다 더 부끄러운 것은, 남들이 다 좋다고 하니까,
뒤처지지 않으려고 남들이 찬송해 마지않는 한 시인의
새로운 시가 정말 좋았다고 거짓말을 했던 기억이다. 단 한
줄도 내 마음에 썩 와닿지 않았지만 그게 다들 좋다니까
좋은 게 좋은 거라고 생각했다. 하지만 시인이 되고 강의를
오래 다니기 시작하면서 몇 가지 기준점에 대해서 생각하게
되었다.

　나는 어떤 시를 좋아해서 이런 시를 쓰게 되었을까.

　우선 내 마음을 훔쳤던 시인에 대해서 나열해 보았다.
시를 쓰기 시작했을 때, 나는 미문을 쓰는 작가가 되고
싶었다. 뛰어난 문장력으로 '역시 문학인이라면 이런 문학적
표현을 쓸 줄 알아야지.' 그런 말을 듣고 싶었다. 이건 부모님
탓도 컸다. 내가 문예창작과에 가서 배워 온 현대시를 보여
주면, 네가 쓴 것은 다 불행하기 짝이 없다고 말하면서 꼭

김소월 같은 모두의 마음을 움직이는 시를 쓰라고 다그쳤다.

김수영문학상을 받았을 때도 그랬다. 김수영이 누군데 너한테 상을 주냐고 하면서, 엄마가 내 두 손을 꼭 잡고 김수영은 누군지 잘 모르지만 김소월 같은 시를 쓰라고 다시 힘주어 말했을 때, '엄마 사실 김수영은 빗자루를 들고……'까지 말하려다 말았다. 내가 지금 받는 이 상이 김소월문학상이었다면 나는 이 시로는 절대로 문학상을 못 받았겠구나 감히 생각했다. 김소월은 내가 품기에는 너무 아름답고 '나를 즈려밟고 가시옵소서' 서글프게 이야기하지만 나였으면 '감히 나를 즈려밟고 간다고? 이 새끼 너 잘 걸렸다 너 죽고 나 살자.' 썼을 것이다.

아무튼 부모님이 자꾸 아름다운 시를 쓰라는 바람에 나는 굳이 혼란스러워하지 않아도 되었을, 아주 어려운 시기를 보내기도 했다. 그래서 한동안 나는 미문을 쓰는 선배들의 멋진 글을 보면서 와 나도 저렇게 누군가의 마음에 박혀서 눈물을 흘리거나 감탄하게 만들어야지, 말하며 그대로 쓰기 위해 애썼다. 그러나 내 시가 누군가에게 너무 슬프다는 감상을 들었을 때, 그 감상은 미문에 대한 것이 아니라 비참한 현실에 발붙인 글에 대한 것이었다.

학교에서 교수님께 그런 말을 들은 적 있다. 잘하는

것과 좋아하는 것을 구분해야 한다고. 나는 서정시를 정말 사랑하지만, 아쉽게도 잘하는 것은 쌍욕과 피고름으로 대변되는, 상처와 그걸 이겨 내는 분노와 경악이었다. 좋아하는 것과 잘하는 것의 결이 애초에 달랐기 때문에 진짜 내 시를 찾기까지 꽤 오랜 시간이 걸렸다.

 그리고 운이 좋게도, 내가 좋아하는 시를 비로소 알아 가기 시작했을 때 강의를 맡을 기회가 생겼다. 강의를 시작하는 것은 정말 쉽지 않은 일이었다. 단순히 누군가의 시만을 본다고 생각하지 않았다. 이 사람이 나아가야 할 방향이나 이 사람이 하고 싶은 것에 대한 조언 말고, 각자 잘하는 것을 찾아 주고 싶었다. 내가 미문을 갈고 닦는다고 헛된 세월을 보낸 그 시간을 수강생들에게는 최대한 아껴 주고 싶었다. 그래서 하루 종일 그 사람의 시를 읽고, 나라면 어떻게 고쳤을까 고민했다. 시는 어떻게 쓰는 거더라. 다시 매번 처음으로 돌아가서 무엇이 좋은 시였더라 계속 생각했다. 한 편의 시를 쓰고 고치는 일 너머의, 좋은 시'집'으로 나아갈 수 있는 방향에 대해서는 어떻게 이야기해야 할지 홀로 고민에 빠져 있을 때였다. 마침 나의 고민을 짐작한 수강생은 내게 이런 질문을 했다.

"선생님, 선생님은 그럼 어떤 시가 좋은 시라고
생각하세요?"

"좋은 시요?"

좋은 시의 기준이 어려웠던 나는 일단 싫은 것부터 쳐내며
좋은 것을 남기기로 결심했다. 나는 기시감이 느껴지는 시가
싫다. 나는 수사가 화려한 시가 싫다. 나는 억지로 정황을
끌고 나가는 시가 싫다. 처음을 위한 첫 문장과 마지막
마무리를 위한 막줄도 싫다. 누구나 쓰는 시어는 싫다.
리듬이 없거나 사유가 불분명한 시는 정말이지 싫다.

싫은 것을 말하고 나니 좋은 것이 떠올랐다.

나는 문장이 단순해도, 누구나 쓸 수 있는 문장이라도, 단
한 문장이라도 그 시인이 보인다면 좋은 시라고 생각한다.
시 안의 화자에게 마음을 빼앗긴다면 그것 역시 좋은 시라고
생각한다. 시는 애초에 가독성이 좋아야 하며, 슬퍼도 그
안에 어느 지점은 재미있어야 가치가 있다고 생각한다. 덮고
나서 아 나도 시 쓰고 싶다 욕망을 일게 하면 좋은 시라고
생각한다. 쓰다 만 시라도 좋다. 엉성하고 모나고 이상하게
자란 시를 나는 좋아한다.

그래서일까. 내 수업을 듣는 학생들에게 제일 많이 하는
말은 이것이다.

"여기서 단 한 문장만 남기면 뭘 남기고 싶어요?"

학생은 자신이 가장 힘주어 쓴 문학적으로 어여쁜 문장을
고른다.

그리고 나는 내가 고른 문장을 이야기한다.

"저는 당신의 시에서 '살려 주세요'가 제일 슬펐어요."

학생은 이해하지 못했다. 하지만 나는 "이게 가장 당신이
참지 못하고 뱉은 진짜 말 같았어요."라고 말했다. "이 문장
때문에 이 시가 다시 보였어요. 살려 달라고 말하기 전까지
있었던 이 모든 시적 정황과 이 시가 여기서 뚝 끊어질
수밖에 없었던 이유가 이 문장 안에 다 있어요."

물론 내 말이 맞는 것은 아니다. 다 틀렸을 수도 있고, 내
의견에 반대하는 사람이 있을 수 있다. 당연하다. 내 말은
성경도 율법도 창작론도 아니다.

다만 수강생의 시를 독자의 시선으로, 그리고 같이 시를
쓰는 동료의 시선으로 최선을 다해 읽은 느낌을 말하는
것뿐이다.

나는 내가 시를 처음 쓰기 시작했을 때, 내가 미문을 쓰기
위해 무던히 실패한 사랑을 모으며 죽음에 대해 연습하던

때를 떠올렸다. 그때는 미학적으로 완벽하게 매끄러운
무언가가 만들어지지 않으면 '시'가 되지 않는다고 생각했다.

그러나 지금의 나는 어떠한가? 이 세상에서 가장 거지
같고 지옥 같아, '한녀력' 만렙이라 읽으면 당신도 정신병에
걸리고 말겠다는 시를 쓰고 있다. 그 시를 써서 사람들의
공감을 얻고 있다. 나의 고백이 누군가에게 트리거가 될 줄
알았다면 내가 과연 이 고백을 시작했을까? 나는 사실 내
삶이 특수하다고 생각했기 때문에, 거침없이 잘 썼다는 말을
들을 줄은 짐작했어도, 다른 누군가가 나의 시를 경유하여
잘 묻어 둔 상처를 꺼낼 수도 있다는 생각은 차마 하지
못했다. 예쁜 시를 쓰고자 하는 친구들을 볼 때면 나는 이런
이야기를 하고 싶다. 굳이 억지로 슬픔을 미화하지 말라고.
슬픔을 슬픔 그대로 포착한, 어쩌면 괴상하고 바보 같은 시를
쓰라고. 그렇게 쓰다 보면 어느 평범한 문장이 한 사람을
울릴 힘을 가질 수 있다는 것도 알리고 싶었다. 내가 밑줄을
긋고 인스타그램에 올리고 싶은 문장은 사실 그렇게 빛나는
비유나 수사가 아니었다고 말해 주고 싶었다. 그냥 너무
아파서 이건 내 이야기 같아, 그런 부분이나, 누구도 따라 쓸
수 없는 용기 있는 고백 같은 것들.

나는 어제 학생들과 서로의 시를 읽으며 다시 좋은 시에

관해 이야기했다.

"저는 제가 생각하는 좋은 시에 대한 기준이 굉장히
분명하고 그걸로 시집의 중심 토대를 세웠어요. 여러분도
자신이 좋은 시라고 생각하는 철학을 가지고 각각 기준을
세워 썼으면 좋겠어요. 유행은 금방 지나가요. 요즘 유행하는
시는 쓰지 말아 주세요. 한 시기가 아니라 여러 시기의
지금이 되어 주세요. 그럼 우리는 오래 읽힐 수 있어요."

물론 학생들에게 했던 마지막 이 말 역시 절대로 정답이
아니다.

시에는 정답이 없다는 말은 여기 써먹어야겠다.

쓰다가 한 생각

창의적인 문장을 위해 가장 필요한 건? 정말로 치졸한 대답이지만
나는 첫 번째로 모든 창작은 템빨이라고 생각한다고 말하고 싶다.
템은 정말로 중요하다. 게임에서도 제일 처음에 무일푼으로 시작하면
다른 사람보다 레벨업이 늦을 수밖에 없다. 이것은 자본주의
국가에서 어쩔 수 없이 던져진 불행의 씨앗이자 숙명이다. 그러므로
나는 지금 내가 쓰고 있는 창작템에 대해서 말해 보고자 한다.

나의 고귀하고 아름다운 이 아이템들은 모두 미국의 캘리포니아의 실리콘밸리 농장에서 왔다.

그래 나는 전자 기기 중 애플을 가장 좋아한다. 누군가는 애플의 모든 제품을 가지고 있는 사람을 '사과 농장'을 가지고 있다고 말하기도 한다. 그렇게 나는 하나하나 내일 내 통장의 잔고가 멸망하더라도 한 그루의 사과나무를 심었다. 내가 사과 농장을 가지게 된 이유는 순전히 애플만의 생태계 때문이었다고 말하고 싶다. 어린왕자에 나왔던 길들여진다는 말의 의미가 이런 것일까. 나는 시나브로 삼성에서 애플로 길들여졌다. 잘 몰라서 액티브 엑스를 아무거나 눌러 순식간에 컴퓨터를 느리게 하는 멍청한 나에게 애플의 폐쇄성은 너무나 매력적이었다. 이상하지 않은가? 나는 애플이 애플끼리만 연결되어 있다는 점에 큰 매력을 느꼈다. 윈도우를 싫어하는 것은 결코 아니지만 나는 은행 홈페이지에 들어가서 뭘 깔라고 할 때마다 혼란스러울 뿐이었다. 보안을 위해서 모든 것을 허용하라고 하는데, 오히려 그 '허용'이라는 단어가 언젠가 다 털릴 것을 예고하는 것 같았다. 아예 못하게 하는 게 낫지 않을까 그런 생각을 하면서 나는 애플 제품만 쓰게 되었다.

애플은 심플하고 그래서 베스트다. 심플 이즈 베스트. 누가 그랬더라. 아무튼 상술 혹은 마수에 걸린 나는 이 세계를 벗어날 수 없다. 단 하나라도 이 생태계를 벗어나는 순간, 내가 이뤄 놓은 견고한 이 틀은 무너지게 된다. 우선 메모가 불편하다. 폰에서 복사한 것을 별다른 일 없이 컴퓨터로 붙여넣기 할 수 있는 이 어마어마한 기능을 나는 포기할 수 없다. 그래, 어쩌면 나는 불편해지지 않으려고 불편해진 것일 수도 있겠다. 자유로운 선택의 기로에 있던 그때, 그래 나는 어쩌면 덫에 걸린 것인지도 모르겠다. 나만 느끼지 못하는 그 덫. 휴대폰에 메모하고 그 메모를 옆에 켜 두고 오늘은 무엇을 쓸지 결정하고 쓰고 난 뒤에 바로 패드로 퇴고를 하고 따로 저장 없이 바로 송고할 수 있는 애플의 세계에 빠진 나는 이 세계를 너무 오래 살았다. 그래서 이 사과는, 뉴턴의 중력만큼이나 위대하다.

3부

이어질 이야기

좋아하는 물건에다 이야기라는 단추를 꿰매 보기

한때 인터넷에서 유행하던 놀이가 있었다. 친한 친구에게
'세상에서 가장 쓸모없는 물건 선물하기'였다. 이름처럼 하등
쓸모가 없는 선물은 그래도 선물이니 처분하지도 못하고
책상 한구석에 방치해 두었다. 그냥 한 번 웃고 절대로
쓰지 않을 그런 물건들을 어떻게들 잘들 찾아서 주는지
정말 신기할 정도였다. 친구들은 그 시절 가장 뜨거운 밈의
주인공인 인물을 이용한 물건을 제작하여 주는 수고를
마다하지 않는다.「유 퀴즈 온 더 블럭」이라는 프로그램에서
퀴즈를 맞추지 못한 출연자에게 투명한 가방에서 작은
선물을 랜덤으로 뽑는 기회를 주는데, 그때 꽝 대신 주는
선물이 바로 이런 종류의 것들이다. 쓸데없는 물건은 곧
그 자체로 엄청난 유행이 되어 쇼핑 카테고리에 '쓸데없는

물건'이 생기기까지 하였고, 결국 쓸데없는 것은 쓸데없기 위해 쓸데 있는 물건이 될 정도였다. 상대방이 깔깔 웃거나 고통받을수록 자랑이 되는 이 선물 문화는 결국 "야, 이런 걸 파는 데가 있단 말이야? 근데 이걸 판다는 건 누가 산다는 거잖아."라며 웃고 마는 결말을 맺기 마련인데, 지금부터 내가 할 이야기가 바로 이것이다. 고백한다. 나는 종종 "이걸 '누가' 사?"의 '누가'가 되곤 했다.

내게는 SNS 비밀 계정이 있다. 누구에게나 비밀 계정은 하나씩 있는 게 아니냐고 되묻는 독자도 있겠지만 내 비밀 계정은 확실한 목적이 있다. 쇼핑 아카이빙을 위한 계정이라는 점이다. 비밀 계정으로 팔로잉한 계정은 전부 특이한 디자인의 디자이너 숍이고, 이 계정은 내가 관심 있는 브랜드의 이벤트 소식을 최대한 빨리 접하기 위해 만든 것이었다. 심지어 인스타그램은 내가 팔로잉한 계정들을 기반으로 다른 계정을 추천까지 해 주기 때문에, 온갖 새로운 브랜드를 접하기에 최적의 장소였다. 그러니까 나에게 인스타그램은 거대한 온라인 매장인 셈이다. 내 삶은 그래서 인스타그램 비밀 계정의 생성 전후로 나뉜다. 팬데믹 시절, 이 인스타그램 계정은 나의 소비를 부추기는 데 한몫을 했다. 특히 심각한 건강 염려증이 있던 나는, 백화점 산책을 못 하게 되자 하루에 네 개 이상의 택배 상자를 받지 않으면 돌아 버릴 지경이 되었다. (산책이 아니라 쇼핑에 방점이 찍혀 버린 것이다……) 그래서 하나씩 하나씩 아니 두 개씩 두 개씩 사던 것도 모자라 이젠 굳이 필요 없는 물건들까지 사 모으기에 이른다.

내가 산 것들 중 가장 무용한 것을 꼽으라면 프랑스 빈티지 단추를 꼽겠다. 아직도 생각난다. 친구들이 내가 외출한다고 하자 너무나 깜짝 놀라며, "네가 밖에 나간다고? 왜?" 물었던 기억.

나는 아주 수줍게 "물건을 사러 가야 해."라고 했다.

"도대체 무슨 물건이길래 네가 밖에 나가?"

친구들은 다시 되물었고 나는 조금 망설이다, "단추."라고 답했다.

"단추? 단추? 단추가 왜 필요해?"

택시를 잡아타고 경복궁으로 가면서 생각했다. 나는 왜 단추가 필요할까. 친구들이 간과하는 사실이 하나 있다. 사기로 결심한 물건의 필요성은 그다음에야 생각하는 것이다. 진정한 쇼핑의 고수라면 그렇게 해야 하는 것이다. 그래. 나는 단추가 필요 없다. 한 달에 교통비가 2,880원밖에 나오지 않을 정도로 바깥출입을 삼가는 내가 단추를

사겠다며 밖을 나섰을 때 엄마는 저 단추에 무슨 사연이
있을 거라고 생각했던 것 같다. 다녀오라고 했을 때, 엄마의
눈에서 동정과 연민의 눈빛을 읽었다. 자 이제부터 나는
엄마에게 이 단추를 왜 샀는지 설명해야만 할 명분이 생겼다.
아름답지만 무용한 단추. 단 하나이기 때문에 어디에도 달 수
없는 단추를 위한 스토리텔링을 지금부터 시작해 보겠다.

　　이 단추는 1870년대 프랑스 남부에 사는 한 여성의 옷에
달려 있던 것이다. 그녀는 리넨 소재의 보닛을 쓰고 책상에 앉아
이따금 글을 썼다. 그녀의 글은 보통 프랑스 여성의 생활에 관한
것이었다. 또래보다 많이 배웠지만, 시대를 잘못 타고난 그녀는
가정교사 일을 하는 것 말고는 할 수 있는 게 없었다. 남편이
마차를 타고 도심의 카페에 가서 다른 지식인들과 쉼 없는
토론을 하고 오는 날이면 남편의 코트를 받아 들고 물었다.
　"오늘 하루는 어떠셨어요?"
　사실 그녀는 남편의 하루보다는 지식인들의 토론의 주제가
더 궁금했다. 그러나 그는 퉁명스럽게 말했다.
　"똑같지 뭐."
　결국 그녀는 지적 호기심을 제대로 채우지도 못했을 뿐더러
하루 종일 아무런 말도 하지 못했다. 집 안에서 그녀가 할 수
있는 일은 많지 않았다. 그러나 말은 할 수 없어도 쓸 수는

있겠다고 생각했다.

밤이 되었다. 그녀는 남편이 쓰다 더는 낡아서 쓰지
않는다던 만년필을 꺼내 들었다. 매일 남편이 깊이 잠이
들었는지 확인하기 위해 감은 눈 위에 손을 휘휘 저었다.
그리고 뒤척이지 않는다고 판단이 들면 몰래몰래 저리는 손을
주물러 가며 글을 썼다. 내용은 아마도 그 시절의 일상이었겠다.
아니다. 어쩌면 일상과 가장 동떨어진 내용이었을 것이다.
그녀는 자신이 여자가 아니었다면 하고 있었을 무엇에 대해서
썼다. 종이 위의 세상에서는 모두가 평등하니까. 그렇게
생각하면서 몇 번의 떠오르는 해를 마주했다. 몇 개의 초를
태웠을까. 몇 개의 초가 몇 개의 종이가 그녀를 새롭게 태어나게
했을까. 달빛에 조금씩 몸의 각도를 바꾸느라 그녀는 밤에도
쉴 새가 없었다. 게다가 초 하나에 의지하여 책상에 몸을 바짝
붙인 채로 글을 쓰다 보니 가슴 쪽의 단추는 책상 서랍 손잡이에
계속해서 걸렸다 풀어지기를 반복했다.

며칠이 지났을까 그녀는 글을 다 완성하고 조용히 자신의
글을 읽고 있었다. 자신이 작가이자 유일한 독자가 될 수밖에
없었던 그 글을 읽으며 그녀는 소매로 눈물을 훔쳤다. 그리고
신문사에 투고하기 직전, 오랜 고민 끝에 자신의 이름 대신
남편의 이름을 적었다.

그때였다. 나무 바닥에 또르르 구르는 소리가 들렸다. 가슴에

계속 걸리길 반복했던 바로 그 단추였다.

나는 방금 이야기 하나를 지었다. 물론 내가 산 단추가
저런 사연을 가진 단추는 절대로 아니다. 나는 지금 막
합리화를 끝냈다. 단추가 달린 가방을 세 개나 사야 하는
이유를. 실제로 들은 이야기는 이렇다. 언젯적 단추인지는
모르지만 내가 좋아하는 브랜드의 대표가 직접 프랑스
시장에서 빈티지 단추만 모으는 분에게 가서 사 온 것이라고
들었다. 그러니까 어떤 사연이 있을지는 아무도 모르는
것이다. 내가 상상하던 것이 사실일 수도 있다. 그리고
세상에 하나씩밖에 없는 그 단추를 인도 리넨 천에 달아서
가방을 만들었다. 내가 단추에 대해 이야기를 만든 것처럼
과연 이 리넨에는 또 어떤 사연이 담겨 있을지, 그것은
아무도 모르는 일이다. 인도 뭄바이의 어린 소녀가 눈망울을
반짝이며, 미래의 자신을 상상하며 직조한 천일지도
모른다. 인도 면사는 세계 최고니까. 세계 최고의 면사를
만드는 사람이 되는 게 꿈인 한 소녀의 오밀조밀한 손에서
태어났을지도 모르는 이 가방은 그래서 위대하다.

이렇게 모든 물건에는 이야기가 있다.
아니, 모든 물건에는 이렇게 이야기를 만들어 단추처럼

달아 둘 수가 있다.

　그리고 이젠 이 물건을 사는 나에게도 이야기가
생겼다. 방금 나는 저 단추가 달린 가방을 사기 위해 무려
45,000원이나 썼고 그 가방을 세 개나 사서 각각의 이야기를
세 편이나 만들었다. 누군가는 내게 "너 미쳤어? 천 가방에
그런 돈을 쓰다니 미쳤구나, 진짜."라고 말할지 모른다. 나는
천 가방에 말도 안 되는 거금을 썼지만, 그에 상응하는 여러
가지를 얻었다. 단추와 리넨. 그리고 그 두 개가 만나 내
손으로 왔기에, 아주 아름다운 반려 산보 가방이 생겼다. 이
산보 가방에는 문고판 서적 혹은 시집 이상의 책은 들어가지
않는다. 가장 좋아하고 가장 읽고 싶은 것만을 골라서 가방에
넣고 나는 간단하게 동네를 누빈다. 병원에 갈 때도 우체국에
갈 때도 나는 이 산보 가방과 함께한다. 산보 가방에는 아주
이상하게 생긴 단추가 달려 있고 그렇기에 다들 물어본다.
　"가방에 웬 단추?"
　그럼 나는 자랑스럽게 답한다.
　"이 단추는 보통 단추가 아니라고! 나를 상상하게 하는
단추야. 이 단추는 말이지……."
　내가 막 만든 이야기를 들려준다. 아주 기가 막힌 뻥인데
대부분의 사람들이 믿는다.

"정말 유서가 깊은 단추구나. 넌 정말 안목이 대단해."

나는 그 재미로 물건을 산다. 그러니까 나는 물건을 사고 그에 대한 이야기를 만들고 설득시키고 그것을 가끔 문학적 자양분으로 쓰고 있다. 이건 변명의 여지가 없다. 변명을 위한 이야기가 문학이 되었다니 재미있지 않은가? 세상에 쓸데없는 물건은 없다고 생각하는 쇼핑 박애주의자인 나는 이해할 수 없지만 아직 쇼핑에 인색한 사람들에게 이야기해 주고 싶다. 정말로 쓸데없는 물건을 사는 데는 이유가 필요하고 그 이유에는 꼭 맞는 이야기가 필요하다. 그 이유는 내가 증명했듯이, 당신의 문학적 재능을 발견하는 데 큰 도움이 된다.

이것은 쓰는 자에게만 국한된 것은 아니라고 생각한다. 독자들도 마찬가지일 것이다. 예를 들어 나의 책 한 권을 구입해서, 단 한 줄도 읽지 않더라도, 카페에 갈 때 가방에 넣어 가지고 다니는 것만으로도 나중에 우연히 내 책과 함께했던 그 순간을 떠올릴 수 있을 것이다. 이것은 저자의 이야기가 아니다. 바로 자신의 이야기다. 무언가 산다는 것은 그렇게 이야기를 만들게 한다. 이 이야기는 또 다른 이야기를 낳고 그 이야기는 또 내 이야기가 된다. 그러니까, 누군가는 이 단추 구입기에 대해 쓴 이 글을 읽고, 아 참 쓸데없는

내용으로 점철된 글이구나, 생각할지 모르지만, 만일 이
글이 운이 좋은 누군가를 만나게 된다면 어떤 문장은 가슴에
콕 박혀서 떠나지 않다가 영영 그 안에 남게 될지도 모를
일이다.

나는 단추를 샀다. 그리고 단추 가방에서 프랑스 여자를,
뭄바이에 사는 인도 소녀를 떠올렸다. 그리고 그들이 손수
만든 가방을 가지고 지금 산보를 나갔고 콜드브루 벤티
사이즈를 마시며 차창 밖을 보고 있다. 표정을 가린 사람들이
걷는 거리에는 여름이 일찍 내렸다. 나는 휴대폰 메모장을
켜고 적었다. 핑계 없는 쇼핑은 없다고. 오늘은 이 글을 쓰고
자야겠다고.

자 이제 이 글을 읽은 당신에게 묻고 싶다.

당신은 오늘 무엇을 샀는가.

그 이야기는 어디에서부터 어떻게 시작되는가?

그 많던 국가대표들은 모두 어디로 갔을까?

나는 2년에 한 번 퇴사한다. 그래서 3년의 경력을 채운 적이 단 한 번도 없다. 회사에 적응하지 못한 것도 맞고, 회사가 내게 적응하지 못한 것도 맞다. 이 글에서는 내가 퇴사와 입사를 반복했던 이유 중 한 가지에 대해 얘기해 보려고 한다. 절대적이라 할 수는 없지만 결코 그것 때문이 아니라고 할 수도 없는. 어디에도 말하지 못한 말. 어디에다 말해도 진짜냐고 되물어보는 말. 바로 올림픽을 보기 위해서다.

많은 사람들이 올림픽에 열광한다. 그리고 정말 관심이 없는 사람도 있다. 나는 전자에 속한다. 성화가 타오르는 순간부터 나도 타다, 성화가 꺼지는 순간부터 나도 꺼지는 것이다. 지금부터 올림픽과 나의 쓸모없는 상관관계에 대해 말하고자 한다.

　부디 지루하지 않았으면 한다.

　나는 1988년 서울 올림픽 때 태어났다. 그러니까
올림픽에 열광하는 것은 운명과도 같았다. 황영조 금메달
마라톤 직관으로 인생을 처음 시작했으니 말이다. 그렇게
하계로 시작해서 동계까지 마음을 줘 버린 나는 2년에
한 번 올림픽 시즌에 매 순간 진심을 다했다. 내 또래 중
대부분은 기억에 남는 첫 올림픽으로 시드니 혹은 아테네
올림픽을 떠올리겠지만 내 기억 속의 첫 올림픽은 애틀랜타
올림픽이었다. 생각나는 거라고는 실제로 경기를 보고 온
부잣집 친구들의 경험담, 그리고 티브이로 마음 졸이며
지켜보았던 양궁 경기밖에 없지만.
　양궁 경기에는 묘한 긴장감이 있었다. 경기는 정적이지만
해설자들의 목소리에는 활기가 가득했다. 나는 양궁을 보며
패배라는 기분을 느끼지 않아도 된다는 점이 가장 좋았다.
한국인이라면 절대로 지지 않는 종목. 신기에 가까운 묘기를
볼 수 있는 종목이 양궁이었다. 활에 활을 꽂는 것도 모자라,
지금은 없어졌지만 엑스-텐 정가운데 있는 카메라를 한국인
선수들이 깨 먹는 모습을 보면 마치 내가 뭔가를 해 낸 것
같았다.

그 후로 양궁은 내가 가장 좋아하는 종목이 되었다. 양궁 경기가 있는 날이면 약속도 잡지 않았다. 입국 심사 때 말고는 한국인임을 모르고 살다가 양궁을 볼 때만큼은 나는 스스로 대한민국 국민임을 각인하며, 그래 우리는 예로부터 활을 잘 쏘는 민족이었지, 박수를 치고 다음 날 다시 사격을 보면 그래 우리는 뭐든 잘 쏘는 민족이었지, 그리고 그다음에 또 펜싱을 보면 그래 우리는 상대를 찌르는 것도 잘했지 하면서 애국가가 흐르면 남몰래 눈물을 흘렸다. 그리고 올림픽 폐막과 동시에 나의 애국심도 사라졌다. 잠시 동안이었지만 나는 진심을 다해 한국인이었고, 올림픽 경기 뒤에 바로 딸려 나오는 선수의 준비된 인터뷰나 다큐멘터리를 보면서 후의 삶도 응원하게 되었다. 그리고 인사한다. 안녕, 4년 후에 만나요. 여름과 겨울을 건너뛰며 자신의 종목에 관심을 많이 가져 달라는 선수들의 마지막 호소를 들었고 남들처럼 잠시 마음을 다해 기억했고 재빨리 잊었다.

지금부터는 다른 이야기를 하고자 한다.

사실 나는 비인기 종목과 인연이 깊다. 나는 올림픽 유치 시도가 무산된 시골, 무주에서 학창 시절을 보냈고

하계보다 주목을 덜 받는 동계올림픽, 그중에서도 빙상이
아닌 설상 종목을 하는 친구들 사이에서 자랐다. 올림픽
유치를 위해 무주는 최선을 다했다. 스키점프 선수들을
키웠고, 워낙 선수층이 얇다 보니, 스키장이 지척에 있던
동네의 내 친구들은 거의 다 걸음마처럼 스키를 배웠다.
그리고 국가대표가 되었다. 그렇지만 세계 무대는 녹록지
않았던 것 같다. 탈락과 선발이 거듭되는 과정을 나는 옆에서
지켜보았다. 스키부 친구들은 학교 수업을 듣지 않았다.
오전 수업만 듣고 오후에는 운동을 나갔는데 선수층만큼
코치진도 얇았기 때문에 종목은 선택의 기회 없이 모두
바이애슬론 선수여야 했다. 바이애슬론이란 스키를 타고
가다가 일정 지점에서 사격을 해야 하는 종목이다. 평창
올림픽 때 러시아 선수가 귀화하여 메달의 가능성을 점치며
주목을 받았는데, 나는 그때 바이애슬론 중계를 처음 보았다.
그 전까지만 해도 친구들의 모습을 보고 싶어도 티브이로도
볼 수가 없었다. 중계를 해 주지 않았으니까. 출전한 친구의
입을 통하거나 구령대의 상장으로 소식을 들을 수 있었다.
　　앞으로 무엇으로 먹고살아야 할지 우리는 자주 우리의
꿈에 대해 이야기했는데, 그 친구는 결국 고등학교 때 취업을
위해 국가대표 자리를 내려놓았다. 우리 학교의 마지막
바이애슬론 국가대표였는데.

내 친구들이 이렇게 스키부에 입단했던 이유는 무주의 꿈과 무관하지 않을 것이다. 한때 무주는 올림픽 유치를 꿈꿨다. IOC 위원들은 올림픽 유치를 무주로 할지 평창으로 할지 고민을 한다고 했다. 그때 고속도로를 따라 차를 타고 무주리조트로 가는 국도가 있었는데, 우리는 학교에서 나눠 준, 모두 환영한다는 글이 써 있는 주황색 티셔츠를 입고 작은 국기와 올림픽 깃발을 흔들었다. 단 1초를 위해서 모든 학교의 어린이들이 차출되어 차도에서 방긋 웃으며 흔들었다.

잠깐 이 장면 어디서 본 것 같지 않아?

그때 옆 고등학교는 보란 듯이 스키점프 팀을 만들었다.
설상 종목 팀들을 급하게 꾸려 승부를 봤지만 결국 무주는 평창과의 경쟁에서 패배했다.
몇 번이나 도전했던 무주가 떨어진 것이 국가도 마음이 아팠던 모양이다. 국가는 평창에게 패배한 무주를 위로하고 싶었던 것 같다. 위로 차원에서 어느 날 정말로 갑자기 무주가 태권도의 고장이라며 이것저것 세워 주었다. 무주에 그렇게 오래 살았지만 태권도라니. 처음 듣는 이야기였다. 동계올림픽에서 갑자기 하계올림픽의 종목, '세계 태권도

문화 엑스포'가 무주에 생기고, 멸종 위기종인 반딧불을
곳곳에서 발견할 수 있어 청정 고장 반딧불 축제가 열리는가
하면 영화와는 거리가 멀어 보였던 이곳에 무주 산골
영화제라는 것이 생겨 화제가 되기도 하고. 무주는 자꾸
변했다. 물론 변하는 것은 자연스럽지만……

그렇게 태권도의 고장이 된 무주에서 스키부는
자연스럽게 사라진다.

비인기 종목에서 인기 종목을 유치하게 된 것을
불행이라고 생각해야 할까 다행이라고 생각해야 할까.
그건 잘 모르겠다. 다만 나는 여름보다 겨울이 훨씬 긴
곳 무주에서 왔다. 그곳은 겨울 왕국이다. 치와와의 피를
물려받은 우리 집 개 두 마리가 마당에서 머리만 돌아다니는
것처럼 보일 정도로 눈이 어마어마하게 많이 오는 그곳에서
나는 자랐다. 친구들은 폴대 없이 스키를 타고, 묘기를
부리듯 뒤로 타면서도 넘어지지 않았다. 하지만 태권도를
하는 친구는 적어도 그때는 없었다. 적어도 그때는 그랬다.

태권도의 고장 무주에 오신 걸 환영합니다.
무주는 지금 그렇게 나를 환영하고 있다.

가끔 친구가 스키부 선배에게 맞았다며 멍든 데를 보여
주었던 것을 떠올린다.

고된 훈련으로 비쩍 말라 가던 친구를 떠올린다.

친구들은 올림픽을 위해 국가대표가 되어야만
했던 것일까? 그 친구들은 계속 스키부를 했기 때문에
국가대표였던 것일까? 국가대표가 진짜 꿈이었던 걸까?

진실은 알 수 없다.

언젠가부터 올림픽을 즐기면서도 한편으로는 슬픈
마음이 드는 것은. 왜일까.

열광은 4년에 한 번 돌아온다. 나는 열광하기 위해 몇
번이나 퇴사했다. 편성표에 표시를 해 가며 채널을 돌리며
경기를 관람하며 유치되는 도시의 시간에 맞춰 선수들의
삶을 함께 살았다. 그러나 잊혔던 '이름'이 있다. 평생
돌아오지 않는 선수도 있다.

평창올림픽을 보면서는 메달을 따지 못한 선수들의
이름을 외우려고 노력했다. 그러나 결국 나는 잊을 것이다.
여기 적으면서도 곧 잊고 나는 내 삶을 살아갈 것이다.

비인기 종목의 설움이란 그런 것이다. 그것은 내가
제일 잘 안다. 우리는 보고도, 가장 옆에서 지켜보고도
잊었으니까.

쓰다가 한 생각

어릴 때 했던 게임 「프린세스 메이커」를 기억하는가? 나는
「프린세스 메이커」를 하면서 한 번도 프린세스로 결말을 맞은 적이
없다. 프린세스가 된다는 온갖 수업을 다 시켰는데도 프린세스는
되지 못했다. 그때 알았다. 내가 원하는 길로 억지로 교양 수업을
시킨다고 해서 아이가 그렇게 자라지 않는다는 것을. 우리 엄마도
몰랐을 것이다. 애초에 나를 시인으로 키우고 싶어서 키운 게
아닐 것이다. 피아노 학원, 미술 학원만 주야장천 다녔는데, 그것
빼고 다 하는 나를 보면서 잠시 돈이 아깝다고 생각했을 것 같다.
솔직히 말하자면 조기교육을 그렇게 받았는데도 나는 모든 것을 다
까먹었다. 피아노의 건반을 누르던 것도 붓을 들고 어떻게 사물을
봐야 하는지도 다 잊었다. 다 잊고 이것만 남았다. 학원에 다니기
싫다고 썼던 그 글들. 그러니까 글 쓰는 법만 빼고 나는 다 까먹었고,
엄마는 프린세스 메이커에 실패했다.

하지만 나는 이걸 실패라고 말하고 싶지 않다. 엄마도 한편으로는
뿌듯할 수도 있다. 나는 내가 키웠던 공주가 전사가 되었을 때를
떠올려 본다. 왕자를 기다리는 수동적인 공주보다는 모험을
두려워하지 않는 용사.

무제로 살아남기

 말하는 것도 포기하고 싶을 정도로 내 삶은 포기의
연속이었다. 거꾸로 뒤집혀 있는 바람에 순산으로 세상에
태어나기 포기, 성적 포기, 교우 관계 포기는 물론이고
피아노 학원에 다니면 피아노를 바로 포기했고, 미술 학원에
가면 바로 미술을 포기했다. 학교는 또 어떠한가. 겨우 가
놓고 학업 포기, 논문 포기, 회사 포기 등 다양하게 포기하는
내가 그중에서 유일하게 붙들고 지독하게 써 내려가던 것은
'글'이었다. 그러나 하필 그놈의 '글'을 붙잡아서 나는 신점만
보러 가면 무당에게 혼구멍났다.
 "문서로 명예를 떨칠 팔자인데, 어쩌다가 제일 하바리를
쥐고 있누? 그러니까 여태 배를 곯지."
 화가 나지 않았다. '거참, 용한 무당일세. 내가 카드 대금

걱정하는 거 어떻게 알았지.' 생각했다. 그리고 답했다.

"어쩌겠어요. 저는 그래도 글 쓸 때가 제일 살아 있는 것
같던데요."

이제부터 포기 인생에 용케 살아남은 나의 문학 10년을
되짚어 보고자 한다. 물론 내가 사랑하는 문학마저도 수많은
포기의 기회가 있었다. 취업했을 때 그랬고, 이민을 알아보고
있을 때도 그랬다. 하지만 그중에서도 내가 포기하지 않은
단 하나의 이유는 동료들 때문이었다. 그들이 나의 문학
인생에 생명을 불어넣어 주었다 해도 과언이 아니겠다.
등단과 동시에 인기 시인이 될 거라고 섣불리 예감했던 나는
무명 시인이라는 삶을 실감하기도 전에 여러 꼴을 당했다.
모멸도 있고 멸시도 있었다. 하지만 이상하게도 내 주변에는
그만큼 내가 글을 정말 잘 쓴다고 말해 주는 사람이 많았다.
잘나가지 않으니, 질투도 없었던 걸까? 솔직히 말하자면
질투는 내 쪽에 가까웠다. 턱턱 계약을 하는 동료들의 소식은
축하와 동시에 나를 불안하게 했다. 겉으로는 축하하면서도
집에 와서 내 글과 자신을 탓하던 적이 한두 번이 아니었음을
감히 고백한다. 그러나 나는 그 마음을 비교적 빠르게
고쳐먹었다. 내가 시 쓰기를 조금 늦게 시작했듯이, 같은
해에 등단해도, 비슷한 1~2년 차나 또래여도, 속도가 모두

같지 않다는 사실에 순응하기 위해 정말 많이 노력했다.

그리고 내가 1년 차가 좀 지났을 때 나는 비로소 내가 무명 시인임을 인정했다. 물론 인정했다고 해서, 유명이 되는 길을 포기한 적은 결코 없었다. 인간의 3대 복 중 하나라는 인복을 다행히 타고난 건지 좋은 동료를 많이 만난 덕분이다. 동료들이 문예지를 마감할 때, 나는 나만의 마감 날을 만들었다.

"오늘은 (우)다영이 만나러 가는 날이니까 신작 시를 세 편 가져가야지."

이렇게 가져가고 나면 다영은 소설가임에도 불구하고 성실히 내 시를 읽어 줬다.

"역시 언니는 시를 정말 잘 써."

다영은 이 이야기를 꼭 건네주고는 했는데, 그것이 한때 세상으로부터 받는 내 시에 대한 유일한 피드백이기도 했다. '잘 쓰고 있다'라는 말을 꼭 남의 입으로 듣고 싶은 것이 예술가의 숙명이니까, '다영이가 귀찮지 않을까?' 고민하면서도 지금 내가 여기 살아서, 쓸 수 있다는 감각을 곤두세우는 유일무이한 기회는 다영을 만나는 시간임을 알기 때문에, 멈출 수 없었다. 그리고 다영은 단 한 번도 내 글을 읽고 싶지 않다거나 귀찮은 내색을 하지 않았다. 꼼꼼하게 읽고 이야기 해 주었다. 지금도 아찔하다. 내가

다영과 친해지지 않았다면, 그때 말 걸지 않았다면, 우리가
이렇게 가까이 살아 자주 만날 수 없었다면 아니 그냥 내
곁에 우다영이라는 어떤 사람이 존재하지 않았다면 시를
계속 썼을까? 생각해 본다. 아마도 포기했을 거다. 독자가
없는 시인만큼 슬픈 일은 없으니까. 나는 세상에서 소설을
제일 잘 쓰는 독자 한 명을 가진 덕분에 비로소 시인이
되었다. 몇 년 동안 다영이 여러 매체에서 발표하는 것을
보면서 '나도 함께 발맞춰 걸어야지.' 하며, 신발 끈을 졸라맬
수 있었다. 꿈꿀 수 있었다. 덕분이었다. 내 시는 다 피고름에
시궁창이었지만, 꿈만큼은 건강했다.

  그런데, 무작정 글을 쓴다고 무명 딱지를 떼는 것은
아니었다. 시인으로 등단하고 나서 나의 첫 목표는 무엇보다
첫 시집을 멋지게 내는 시인이 되는 일이었다. 멋진 첫
시집을 내려면 어떻게 해야 하는지 알려 주는 사람은
세상에 아무도 없었다. 원고는 두서없이 늘 뭉치로 집 안을
굴러다니고 있었다.
  때는 강지혜 시인이 제주로 내려가기 전, 새집과 헌집
사이 2주간 빈 시간이 생겨 거처를 고민하던 때였다. 나는
고민도 하지 않고 지혜를 우리 집으로 초대했다. 우리는
2주간 단 한 번도 다투지 않고, 비좁은 슈퍼싱글에서 매일

밤이 깜빡 넘어가는 게 너무 아쉬워서, 눈이 까무룩 감길 때까지 시 이야기를 했다. 우리의 첫 책은 어떻게 될까. 우리의 삶은 어느 방향으로 갈까. 내 곧은 다리로 설 때까지 기댈 곳이 생길까. 하지만 그 수많은 대화 중에서도 내가 절대로 잊지 못하는 지혜의 질문이 있다.

"앞으로 어떤 시인이 되고 싶어?"

"나는 클래식이 되고 싶어."

'클래식이 뭔가요?' 누가 묻는다면 솔직히 모르겠다. '그래. 잘나가서 오래 읽히면 그게 클래식이지.' 생각했지만, 나는 그 클래식이라는 단어 하나에서 어떤 물건을 생각했다. 엄마가 오래오래 보관하다 딸에게 대대로 물려주며 결혼식이나 장례식에 나보다도 빠짐없이 참석하는 샤넬 클래식 미디엄 백을 생각했다. 웃기지만, 그만큼 여러 사람 손에서 오래오래 읽히는 시인이 되고 싶었다는 마음이었다. 어쩌다 꿈이 샤넬 클래식 미디엄이 된 이후로 나는 방향성을 잡을 수 있었다. 그러니까, 앞으로 나아가야 할 내 꿈의 방향은 강지혜 시인의 작은 질문에서 시작되었다고 볼 수 있다.

이것에 한 가지를 더해 본다면.

한때 매년 12월 27일은 이소호 주관 홈 파티 날이었다.

비밀 유지 서약서에 지장을 찍고 시작하는, 내밀한 근심
고민을 다 털어 내는 모임.

그 모임의 서약서에 따라 여기 적을 수 있는 내용은
파기되었다.

참가 인원 및 내용은 익명으로라도 발설이 금지되어
있으므로 모임이 있었다는 사실만 기재하도록 하겠다.

그들과 나는 기꺼이 서로의 명치를 내놓는다. 명치를
내놓는다는 것은 작가의 초고를 가감 없이 보이고 의사를
물을 수 있는 사람이 몇이나 되는가에 대한 답이 되기도
한다. 나는 한때 여러 작가가 모여 무언가를 도모하는 것이
문단이라고 생각했고, 한 집단이 날 린치하면 그게 권력이라
생각했는데, 작가로 IO년을 생존해 보니 문학은 나에게
우정에 가까웠던 것 같다. 내게는 지금 당장이라도 원고를
보내고 읽어 줄 수 있냐고 하면 성심성의껏 조언하는 정다연
시인이 있고, 등단 전부터 지금까지 냉철하게 내 시를 읽어
주는 윤유나 시인도 있다. 그리고 가장 중요한 것은 내가
아무것도 하지 않고 집에만 콕 틀어 박혀 아파서 죽어 갈 때,
'소호는 요즘 뭐 하냐'라고 물어봐 주는 선배 시인들도 있다.
감사한 일이다. 하지만 물론 이 모든 일들은 내가 본업을 잘
했을 때 가능한 일이다. 본업을 잘 유지하지 않는다면 독자도
없고 우정도 없다. 이곳은 냉혹한 문학판이므로, 나는 보다

더 예민하고 보다 더 아파야 한다. 시 감각은 그냥 생기지 않는다. 키워야 하고 남은 힘을 더더욱 들여 갈아야 한다.

그렇게 IO년을 살아남은 우리는 얼마 전에 이런 대화를 했다.

"그거 알아? 우리가 IO년 차래. 이제 더 이상 젊은 작가에 포함되지 못해."

"IO년 차라니 말도 안 돼. 어제 등단한 거 같은데. 그땐 IO년 차 선배들이 엄청 선배인 줄 알았는데, 살아남고 싶어서 아등바등하며, 아직도 재능을 갈구하면서 끊임없이 살아가고 있잖아. 근데 말야. 20주년에도 우리가 서로 여전히 작가일까?"

"그건 우리도 모르지. 생존에는 스킬도 필요하지만, 언제나 운이 따르니까."

러시아 소설이 길어진 이유는 매당 돈을 받았기 때문이라는 이야기를 들은 적이 있다. 그래서 위대한 작가들 전집을 읽으면 졸작도 있는 거라고. 하지만 나는 이렇게 생각했다. 돈도 하나의 확실한 목표이기에, 그것만 보고 정진했기 때문에 졸작도 발표할 깡이 생겨서 걸작까지 탄생시킨 게 아닐까. 그래서 걸작 몇 편으로 위대한 전설로

오래오래 읽히고 있는 거라고.

   그러니까. 내가 내놓는 글이 늘 걸작일 수는 없다. 그
생각은 예전에 이미 끝냈다. 이제 나의 꿈은 오래오래
살아남아 글을 쓰는 것이다. 개똥밭에 굴러도 이승이 낫다고,
기왕 글 쓰는 거, 문학판에서 오래 살아남는 것이 진정한
승리자인 것이다. 사람 사는 거 졸작을 낼 수도 걸작을 낼
수도 있는 것이다. 이렇게 일희일비하지 않고 묵묵하게 글을
쓰다 보면 어느 날 운이 찰싹 내 곁에 달라붙어 줄지도 모를
일이다. 그때 다영과 지혜를 만난 것처럼, 12월 27일 문학
이야기를 하며 날밤을 새우던 것처럼, 지금 내가 과분하게
독자 선생님들의 사랑을 받고 읽히고, 잊히지 않는 것처럼.
내가 지금까지 이 10년을 묵묵히 버텨 낸 것처럼.

나가며

실패를 감당할 용기

이 글은 처음 정기현 편집자님께 가져간 나의
기획서로부터 시작되었다.

겨울이었고 『캣콜링』의 생일이었고 술에 아주 많이 취한
날. 사실 나는 다른 심산이 있었다. 그날 가방에 기획서 한
뭉치를 가져갔기 때문이다. 그리고 헤어질 때쯤 건넸다.

"편집자님, 저 '매일과 영원' 쓰고 싶어요. 게다가 제가
가장 잘하는 것에 대해 쓰고 싶어요. 저 정말로 쇼핑을
잘해요."

기획서라 해 봤자 별것 아닌 게, 그저 나는 어떻게든
'매일과 영원'이라는 멋진 시리즈에 들어앉고 싶었다. 그래서
써 본 적도, 듣도 보도 한 적도 없는 엉성하게 짠 목차로, 그

제목으로 무엇을 쓸 수 있는지 대강 맛보기 원고 정리를 해
택시를 타기 직전에 편집자님께 막 쥐여 드렸다. 그 이후
민음사의 회의가 끝난 다음, 기획서는 나의 바람대로 '쓰는
생각 사는 핑계'로 계약하게 되었다.

이것은 내가 책을 많이 출간하는 비결이기도 하다. 나는
쓰고자 하는 것을 반드시 쓰고, 탐이 나는 것은 반드시 갖기
위해 노력한다. 나는 욕망하는 것들을 어떤 방식으로든
어떻게든 소유한다.

내 것이 된다는 것은 그런 것이다.
용기 없이는 한 치도 가질 수 없는 것.

용기의 이면에는 포기도 있다.
포기할 때를 아는 것 역시 진정한 용기라고 배운
나는 내가 갖지 못했던 물건과 마찬가지로 내 글을 위시
리스트에만 담아 둔다. 하지만 시나 소설이 어떻게든
묶이거나 수정되어 빛을 보는 반면에, 기획된 산문이란
인정사정없이 사장될 수도 있다. 말 그대로 문학에서도
굿즈처럼 남는 재고를 떠안아야 하는 것이다.

방금 더는 열어 볼 일이 없을 '쓰는 생각 사는 핑계' 폴더를
마지막으로 열어 보았다.

원고는 완성된 꼭지만 총 51편이다. 죽은 파일들의 이름을
여기서나마 불러 본다.

　　　바꿀 수 있는 것과 없는 것

　　　품을 들여야 품을 수 있는 것

　　　끄트머리

　　　모든 계절에 나누어 갚을게요

　　　오늘은 무언가를 쓰지 않으면 안 되는 날

　　　세 모녀 이야기

　　　상품 준비 중

　　　불행 채집

　　　나의 아트 숍 탐방기

　　　나의 소원

　　　영감이 된 물건

　　　엄카 찬스

　　　……

정말 많지만 이 책에 올리지 못한 이유는 단순하다.
지금의 나는 그때의 나와 많은 것이 달라졌기 때문이다.

과거에 옳다고 생각해 힘주어 썼던 것들이 실은 그게 정답이 아니었음을 깨닫게 되기도 했고, 너무 '나'의 관점에서만 이야기해 부끄러운 마음이 들기도 했다. 어떤 것은 너무 뽀족할 때 써서 그것을 창작한 나조차도 상처가 될 정도였다. 그래서 이 책을 묵히는 과정에서 아주 많은 가지를 쳐 냈다. 덕분에 나는 전보다 조금 더 시에 대해 깊이 고민할 수 있었고, 시에 대한 내 생각을 내가 사랑하는 쇼핑과 함께 말할 수 있었다.

하지만 내가 이 책을 통해 진정으로 말하고 싶은 것은, 나는 무엇이든 지르고 본다는 것이다. 도망치지 않고 그것에 도전한다는 것. 돈 쓰기와 글쓰기는 별반 다르지 않다는 것도 말하고 싶었다. 소비 세상에 일시불의 용기가 있다면, 시 쓰는 나는 지금 발표하고 싶은 시가 생기면 가리지 않고 투고한다. 고민이 있으면 바로 여쭙고, 편집자님을 만날 때 하고 싶은 말이 생기면 기획서를 만든다. 나는 상품처럼, 수동적으로 누군가가 시장에서 사 주기를 기다리지 않고 능동적으로 행동을 취하고 있다. 때문에 독자분들이 이 글을 단순히 '시 쓰기에 취해 있는 나'로 보지 않길 바랄 뿐이다. 이 글은 한 사람이 욕망하는 것을 쟁취하는 과정을 드러내고자 무릅쓴 수치와 용기로부터 태어났기 때문이다.

전에도 이야기했듯 나는 어떤 책을 쓰든 독자가 내 책의
독서를 끝내고 나면 다음 질문으로 넘어가 자신의 이야기를
하게 만들고 싶다. 이 독서를 끝내고 나면 독자들이 진정으로
무엇을 갈구하는지 돌이켜 볼 수 있길 소망한다. 욕망은
어디까지 사람을 발전시킬 수 있는지, 또는 망칠 수 있는지
말하고 싶었다. 그리고 시인은 결코 아프거나 가난하지만은
않다는 것 역시 알리고 싶었다. 가난이나 알코올중독이나
결핵을 앓고 있는 교과서의 시인들과는 달리, 요즘의
시인들은 말 그대로 '가진 상태를 유지하기 위해' 노력하고
있다. 책을 갖기 위해 글을 쓰고, 물건을 갖기 위해 돈을
쓴다. 그들은 본업도 잘하고 자신의 문학적 화자의 캐릭터를
구축해 줄 갖가지 패션 아이템에 돈을 아끼지 않는다.
그리고 나 역시 본업에 플러스 알파가 된 이 세상에서 단지
살아남고자 했을 뿐이다.

독자에게 다시 묻고 싶다. 무엇을 진짜로 원하는가.
혹자는 문학적 기본기를, 혹자는 나라는 사람이 궁금할
것이다. 그리고 내가 다른 시인을 보고 그랬듯 어쩌면 지금의
나는 누군가의 꿈이 되어 있을지도 모르는 것이다. '내'가
되는 것은 정말 쉽다. 그러나 '나'다운 것을 찾고자 원한다면
반드시 어떤 방향으로든 행동해야 한다. 그럼 그 꿈은 언제든

내 것이 될 수 있다. 마치 이 책이 욕망하는 나에서 실천하는 나로 나아갔던 것처럼.

매일과
영원

쓰는 생각 사는 평계

이소호 에세이

1판 1쇄 찍음 2024년 10월 16일
1판 1쇄 펴냄 2024년 10월 30일

지은이   이소호
발행인   박근섭·박상준
펴낸곳   (주)민음사

출판등록 1966. 5. 19. 제16-490호
주소   서울시 강남구 도산대로1길 62(신사동)
          강남출판문화센터 5층(06027)
대표전화 02-515-2000 | 팩시밀리 02-515-2007
홈페이지   www.minumsa.com

ⓒ이소호, 2024. Printed in Seoul, Korea

ISBN 978-89-374-1961-4 (04810)
ISBN 978-89-374-1940-9 (세트)